La mano extraña

Roberto Cruz Murcia

La mano extraña

ÍNDICE

PRÓLOGO

Los relatos que integran el presente volumen, son fruto de la imaginación, de los viajes y la estancia en otros países, y otras latitudes. Si a alguien he de agradecer, es a los grandes escritores que he leído a lo largo de mi vida, a los que no pretendo representar. Como dijo alguna vez Gato Barbieri, «la música es el lenguaje de los sueños». La literatura, las palabras, también pretenden a veces adjudicarse ese propósito, las mías hablan de sueños en los que se unen el pasado y el presente, en ambientes tan variados como Honduras, Japón, Finlandia, Suiza, etc. En situaciones tan diversas, como me ha permitido mi experiencia vital. Es mi deseo, que un poco de ese mundo que el autor intenta crear, se trasmita al amable lector de estas páginas.

UN DIÁLOGO CASUAL

Los extraños sucesos que estoy por narrar, ocurrieron durante una visita que realicé a Ginebra, la ciudad más cosmopolita de Suiza, en junio del 2015. Tan insólitos como pudieran parecer, acontecieron al pie de la letra, tal cual los voy a relatar. Si en algo faltaran a la verdad, sería únicamente debido a las limitaciones propias de una memoria no tan recia como la mía, y no por propósitos aviesos.

Era la temporada alta de turismo en los Alpes. Por lo tanto, había una gran afluencia de veraneantes de otros países europeos, turistas y senderistas, en la localidad, que funciona a manera de estación temporal para aquellos que pretenden adentrarse en el turismo de montaña. Ese día, el cielo amaneció despejado, por lo que pensé en dar un paseo por la ciudad durante la mañana y parte de la tarde. Estuve caminando por varias horas, observando los atractivos de la metrópoli, como la sede de las Naciones Unidas, el museo de la

Cruz Roja y otros más. En mi deambular por las calles de Ginebra, me encontré perdido en un laberinto de calles. En determinado momento, me acerqué a los alrededores del lago de Leman, sin decidirme a hacer el crucero de dos horas por el lago. Ya que no tenía prisa —el tiempo no es una preocupación común para los turistas—, me senté en una banca, enfrente del lago, a observar las embarcaciones y el cielo, que en esa oportunidad adquiría diáfanos tonos de colores cálidos.

Mientras observaba el atardecer, un hombre de edad avanzada se aproximó, con pasos inseguros, a donde yo me encontraba. Andaba con cierta dificultad apoyándose en un bastón de madera. Al llegar cerca de la banca en la que yo estaba sentado, se detuvo, me miró por un segundo, y luego tomó asiento tímidamente. En el breve lapso durante el que cruzó frente a mí pude darme cuenta de que su rostro me resultaba familiar. Sin embargo, no pude precisar en dónde lo había visto, y no quise parecer maleducado, por lo que evité verlo directamente. Debe haberse dado cuenta de que yo era latinoamericano por mis rasgos faciales y porque llevaba puesta una camisa de bordado indígena, pues comenzó a hablar en español.

—Disculpe mi atrevimiento, es solo que a mi edad llega un tiempo en que la fuerza abandona nuestros miembros.

—De ninguna manera, es un placer contar con su presencia en este lugar. No esperaba encontrar alguien que hablara español aquí –le contesté.

—Soy argentino, si bien he vivido en Suiza, varios años durante mi juventud, y ahora he regresado en el ocaso de mi vida.

—Yo soy un turista que ha venido atraído por las

bellezas que esta ciudad tiene que ofrecer —repliqué mientras observaba que su vestimenta era bastante informal. Llevaba puesto una bata debajo de la cual se observaban sus piernas enfundadas en un piyama y sus pies en unas pantuflas. Parecía como si se acabara de levantar de la cama.

El anciano continuó hablando:

—Este momento me recuerda otro encuentro que tuve con un joven hace muchos años, para ser preciso en febrero de 1969. No obstante, al contrario de aquel día frío, hoy hace un clima agradable. Ese ocurrió por la mañana, y este al anochecer.

—Debe haber sido una ocasión especial, ya que aún la recuerda —repliqué.

—Sí, podría decirse que fui a un encuentro conmigo mismo —respondió pensativo.

—Un encuentro muy importante para cualquier persona, según creo ¿Puedo saber a qué se dedica?

—Toda mi vida ha trascurrido alrededor de la literatura. Desde pequeño supe que tendría un destino literario, pronto comprendí que sería lector, y posteriormente me di cuenta de que también sería escritor.

—¡Qué coincidencia! Yo aspiro a ser escritor, aunque aún no he publicado ¿Puedo saber cómo decidió venir aquí? —pregunté, interesado.

—Durante un viaje por Italia, le dije a mi esposa que voláramos a Ginebra, ciudad en la que pasé años felices en mi juventud. Estando allí, le expliqué mi decisión de pasar en esta ciudad mis postreros días.

—Usted debe haber tenido bonitas experiencias en su infancia. Aparte de caminar y conocer la ciudad ¿realiza otras actividades?

—Con el objetivo de distraerme, he pasado los últimos meses aprendiendo la lengua árabe. En realidad, la idea fue de mi mujer. Yo insistía en continuar con mis estudios de japonés, pero ella no pudo encontrar un profesor de esa lengua. En cambio, vio en el periódico un anuncio de un profesor de árabe. A mí me pareció la idea, y ella llamó inmediatamente al profesor, citándolo el día sábado en nuestro hotel. Al entrar me vio y comenzó a llorar, dijo dirigiéndose a María: «Pero ¿por qué no me dijo que era Borges?, he leído toda su obra en idioma árabe». A mí me conmovió el detalle. Después de eso pasamos horas maravillosas conversando, aprendiendo el idioma y tomando el té. Él fue sumamente paciente, debo admitir que un hombre viejo y ciego como yo, no debe haber sido el mejor alumno. Aun así, él se tomaba todo el tiempo necesario para enseñarme. Dibujaba con su dedo las letras árabes sobre mi mano, de manera que yo las pudiera visualizar.

Me pareció curioso que se llamara igual que el gran escritor argentino, Jorge Luis Borges, sin embargo, pensé que en Argentina debía haber otros con el mismo apellido. Tampoco entendí por qué su profesor debía dibujar las letras sobre su mano, pues resultaba evidente que él aún conservaba su capacidad visual. Sin notar mi extrañeza, continuó.

—Hoy me desperté en mi nuevo apartamento, aquí en Ginebra. Al que nos hemos mudado hace apenas tres días. Anteriormente permanecí varios meses en el hotel L'Arbalette. Recién me he casado por poderes, en Paraguay, con mi secretaria María, el veintiséis de abril, y estamos disfrutando nuestra otoñal luna de miel. Quizá demasiado tardía, pues en Argentina los médicos dictaminaron que un tumor incurable había invadido mi cuerpo. Cuando me desperté, vi el calendario, el día presente es sábado, catorce de junio de 1986.

Esta respuesta me desconcertó, estábamos en el año 2015 y no en 1986. Pensé que se trataba de un caso de demencia o enfermedad mental, esto concordaba con la apariencia tan informal de mi interlocutor. Decidí en aquella ocasión no contradecir a mi fortuito compañero, pues desconocía cuál era su estado de salud mental.

—¿Padece de cáncer? —dije, queriendo indagar un poco más.

—Sí, aunque en este momento no siento ningún malestar, por lo que no podría afirmarlo con absoluta certeza.

—¿Y su nombre es Borges?

—Mi nombre es Jorge Luis Borges, muy a mi pesar, soy bastante conocido en mi país. En noviembre del 85, al enterarme de que sufría de cáncer, salí inmediatamente de Buenos Aires, pues no quería ser parte de un circo. La sola idea de que el público acudiera expectante a mis últimos días, una suerte de espectáculo nacional, me parecía aborrecible.

—¡Jorge Luis Borges! —Respondí al fin, asombrado. Y lo miré directamente. En ese instante advertí por qué su rostro me parecía familiar. Sin embargo, inmediatamente me di cuenta de que esto era totalmente imposible, Borges había fallecido hace muchos años, en la década de los ochenta y ahora estábamos en el año 2015. No obstante, el parecido era innegable. Era como si estuviera viendo un retrato de Borges. Este último razonamiento me dejó sin habla. Sabía que él había pasado sus días finales en Ginebra, y posteriormente a su muerte, había sido enterrado allí. Él prosiguió sin darle importancia a mi exclamación, como alguien acostumbrado a llamar la atención a donde quiera que vaya.

—Estuve bastante enfermo durante toda la mañana, hasta que de pronto me sentí mejor. De improviso, me di cuenta de que podía ver de nuevo. Esto fue sin duda, algo completamente inesperado. Si creyera en Dios diría que fue un milagro, pero puesto que no creo, diré que fue un hecho inesperado increíblemente bueno para mí. Los médicos habían determinado que mi ceguera, la cual comenzó sutilmente, era inexorable e irreversible. Y así lo había sido hasta ahora, llegó lentamente, como un largo atardecer, hasta que mis días se llenaron de oscuridad. Pero de cuando en cuando ocurren curas espontáneas en las enfermedades del cuerpo, que ellos no pueden explicar.

La hipótesis inicial del trastorno mental, volvió a mi mente con mayor peso, también la posibilidad, aunque tan inverosímil, de que realmente fuera Borges. Su última acotación explicaría el hecho de que pudiera ver, a diferencia de Borges en su edad avanzada. Mi curiosidad por saber más fue mayor que el asombro, así que le pregunté.

—Si no cree en Dios... ¿qué espera encontrar después de su muerte?

Me miró, esbozando una sonrisa, mientras arqueaba sus grandes cejas canas, y apoyaba ambas manos sobre su bastón.

—La muerte es el resultado de una vida bien vivida. Como un río que corre irreversible hacia el final. Morir es perder el espacio de lo cotidiano. Es ver cómo el mundo se vuelve ajeno para nosotros mismos. Es la perdida de nuestras experiencias. Los objetos nos echaran de menos, echaran de menos nuestro regreso... La vida es un camino hacia la muerte. Esto es algo inexorable. Nuestra existencia misma es una despedida que se repite, sin que estemos conscientes de ello. Es además la imposibilidad de hacer lo que amamos hacer, de actuar, de vivir nuestra vida como deseamos. El fin llega indefectiblemente para todo hombre, por lo tanto, debe ser asumido con naturalidad. Después de la muerte, no existe nada, en absoluto.

Me asombró su respuesta, tan acertada y literaria, muy al estilo de Borges. La claridad y precisión de esta, no sugería un trastorno que tuviera las características de la demencia, en la que hay un deterioro marcado de las capacidades cognitivas de quienes la padecen.

—¿Pero cómo ha llegado hasta aquí? —mi curiosidad me hizo perder la cortesía y lo interrogué sin pensar que estaba siendo demasiado intrusivo.

Él volvió a sonreír, con una sonrisa que mostraba todos sus dientes blancos, y continuó:

—Al sentirme mejor, y dándome cuenta de que había recuperado la vista, quise volver a verlo todo. Estaba solo en el apartamento, así que observé las paredes, los cuadros, los muebles. Después de tantos años viviendo en la sombra, todo se me revelaba de manera maravillosa. Me levanté y caminé por las habitaciones observando todo con el candor de un niño. Luego vi la puerta del apartamento abierta y quise salir y contemplar de nuevo la naturaleza y la vida fluir. Comencé a caminar por la calle sin detenerme a pensar en donde estaba o cuál camino tomar, así llegué hasta aquí.

De ser cierta su historia, me pregunté: ¿Cómo era posible que estuviera hablando con alguien que había fallecido hace mucho? Él no pareció darse cuenta de mi turbación y prosiguió.

—La tarde está por terminar y la noche se avecina, ahora debo regresar a casa, y dar las buenas nuevas a mi esposa, quien quizá ya habrá regresado. Con su permiso —dijo, mientras se levantaba de la banca y retomaba el camino por el que había llegado.

No supe qué hacer en tan extraña situación. No sabía si seguirlo o llamarlo e intentar seguir hablando, pero una fuerza superior a la mía me hizo contenerme. Lo vi alejarse, entretanto yo me sentía envuelto en un aire de irrealidad. Él caminaba con dificultad, apoyado en su bastón, hasta que desapareció de mi vista. No sabía si dar crédito a lo que recién había pasado. Me toqué un brazo con la mano contraria para ver si no estaba en medio de un sueño, pero sabía que estaba completamente alerta. Para entonces, nubes oscuras de lluvia comenzaban a extenderse por el cielo, y decidí volver a mi hotel.

Luego, al llegar a mi habitación, investigué cuanto pude, y entre otros datos: encontré que Borges efectivamente había fallecido un día sábado, 14 de junio de 1986. También corroboré todos los detalles de la historia que me había narrado mi interlocutor, y demás está decir que eran absolutamente exactos hasta el último detalle. Su conocimiento de la vida de Borges era extremadamente detallado y preciso. Su relato era coherente, no había señales de alteraciones del pensamiento o el razonamiento, como cabría esperar en un caso de trastorno psicótico. La demencia tampoco parecía una posibilidad, ante la evidencia de una memoria tan minuciosa. Por otro lado, estaba el parecido físico, el cual reforcé volviendo a ver todas las fotografías de que pude disponer. La misma sonrisa, las cejas grandes y canas; el bastón era también similar a los que él usaba. No fue difícil para mí imaginar, que después del aliento final, Borges o su espíritu, debe haberse levantado pensando que había sido curado de su ceguera y quizá del malestar producido por el cáncer, cuando en realidad había muerto. Por algún motivo, él había aparecido ante mí después de tantos años, y por lo visto, seguía sin comprender que había fallecido hace mucho tiempo.

EL CIERVO

Se despertó después de un largo reposo, aún era de noche y la oscuridad lo cubría todo. Solamente el tenue manto de la luna iluminaba su habitación. Estaba bañado en sudor a pesar de que el clima no era cálido. Una sensación de irrealidad lo invadía, sensación común cuando una persona se despierta y no está segura de si aún duerme o la realidad ha tomado de nuevo el control de su mente. Pronto se percató que había tenido una pesadilla, era solo eso, lo que le había causado tal desasosiego. Había soñado que perseguía a un ciervo y lo mataba. La muerte del venado fue particularmente difícil, tardó mucho en morirse, él lo mató con sus propias manos. Aún podía ver en su imaginación la mirada suplicante del animal, sus ojos inyectados de sangre, mientras lo inmolaba. En su sueño, después que acabó con la vida del ciervo, le cortó la cabeza con un cuchillo. No sabía por qué, pero sentía que había hecho algo irreparable. Era como si la desagradable experiencia se empeñara en seguir con él, negándose a desaparecer. Al levantarse notó que la cama en la cual yacía, estaba manchada con un líquido oscuro. Miró sus manos, y estaban embadurnadas con el mismo líquido. Intentó distinguir en la penumbra de la noche, y percibió que se trataba de un fluido escarlata: era sangre. Al pie de su cama se encontraba la cabeza de Abel, su hermano. Entonces, Caín lloró amargamente por lo que había hecho.

EL CARTERO DE NERUDA

El cartero de Neruda me trajo una nota de
parte del poeta, quedecía:

> Puedo escribir los versos más tristes esta noche. Sin
> embargo,no lo haré.

Atentamente:

Pablo Neruda

EL MONJE

En la secta budista Shingon, del chino *zhēn yán* que significa 'palabras verdaderas', una de las principales corrientes de esa religión en el Japón, existía la tradición de automomificación. Esto es la momificación de uno mismo mientras aún está con vida. Este era un proceso de autodisciplina largo y doloroso, que tomaba varios años. Para estos monjes, cuyo propósito esencial era el sacrificio y la abnegación, esta práctica no era vista como un acto de suicidio, sino como un camino hacia la búsqueda de la iluminación a costa del propio sufrimiento.

En Japón, el suicidio goza de una condición diferente a la de Occidente, en donde es considerado un tabú; los antiguos samuráis, por ejemplo, preferían el suicidio al deshonor: antes que ver su dignidad desacreditada por algún evento o para evitar caer en manos del enemigo, optaban por una muerte digna, para la que realizaban un ritual llamado *seppuku o harakiri*, en el que

ROBERTO CRUZ MURCIA

se introducían un *tachi* ('espada larga'), *wakizashi* ('espada corta') o *tanto* ('cuchillo') en el vientre y después hacían un corte horizontal en su estómago, lo que los conducía a una muerte dolorosa.

También eran comunes en Japón los dobles suicidios de amor: dos amantes creían que, si clamaban a Buda Amida en su último instante de vida, ambos serían reunidos nuevamente en el paraíso, en una existencia ulterior. Algunos incluso se ahogaban voluntariamente en el mar de Tennoji. Tales renuncias corporales, así eran llamadas, se realizaban manteniendo el nombre de Buda Amida en la mente y los labios del participante, hasta el momento final de consciencia, para asegurar su posterior reaparición en el paraíso. Estas acciones eran ovacionadas por una multitud de observadores en busca de la consecuente bendición que ellos creían que se derivaba de este acto heroico. En este ambiente cultural, el suicidio no era necesariamente algo malo, sino, por el contrario, en muchos casos era considerado el supremo sacrificio personal para lograr la trascendencia.

Con respecto al ritual de automomificación, algunos pocos lograban culminar el proceso con éxito, la mayoría fracasaban en el intento, porque era una experiencia en extremo dolorosa y requería de mucha disciplina y sacrificio personal. Aquellos que fallaban en su empeño, cuyos cuerpos eran encontrados en estado de descomposición, eran enterrados de nuevo en una ceremonia especial; los que culminaban exitosamente el procedimiento, cuya humanidad era preservada de la corrupción, eran llamados *sokushinbutsu* o budas vivientes, gozaban de una condición especial y eran expuestos en el templo para que fueran admirados y venerados por los demás religiosos y los visitantes, debido a que se reconocía su valor, esfuerzo y espíritu de sacrificio; además de considerarse este hecho como un suceso milagroso, era la evidencia de quienes habían alcanzado la santidad, así en lo sucesivo serían considerados deidades y tratados como tales.

La historia cuenta que esta práctica comenzó en Japón hacía siglos. En una ocasión en la que la hambruna azotó el país, un monje sabio, llamado Kukai, que vivió entre el 774 y 835 d. C., decidió morir con el propósito de acabar con la penuria que embargaba a su tierra. Se negó a tomar alimentos o líquidos y entró en un estado de meditación profunda hasta que le sobrevino la muerte, fue enterrado en el monasterio localizado en un valle rodeado de los ocho picos del monte Koya, ubicado en la prefectura de Wakayama. Aun ahora no está claro qué lo llevó a tomar esa determinación, pero luego de su entierro la escasez de alimentos terminó. Tres años después, cuando sus compañeros desenterraron su cadáver, este estaba completamente preservado, como si estuviera durmiendo. Su piel se hallaba conservada, y su pelo sano y fuerte, similar al de una persona viva. Esto fue interpretado como un hecho milagroso. En consecuencia, sus restos fueron posteriormente adorados en el santuario local por considerarlos el de un buda viviente. Desde entonces comenzó la tradición de automomificación, que solo un limitado número de adeptos seguía, de los cuales apenas una pequeña fracción lograba su objetivo: ser considerados *sokushinbutsu* o budas vivientes. En la actualidad se han encontrado escasamente una veintena de estas momias. Esta práctica se realizaba mediante una dieta especial, cuya preparación duraba varios años y que culminaba con la inhumación y posterior exhumación para verificar si se había logrado la preservación incorrupta del cuerpo de quien había realizado dicho ritual.

El *sokushinbutsu* fue practicado durante un milenio en Japón, hasta que en el año 1909 el emperador Meiji abolió su práctica, una iniciativa para apoyar al sintoísmo, la religión autóctona y predominante que el emperador promovía.

Una marea de caminantes, a semejanza de hormigas multicolores, se aproximaba al santuario. Iban unos tras otros; los peregrinos andaban despacio pero constantes por el estrecho camino que se formaba entre los vórtices de las montañas hacia el emplazamiento que dormía sobre el valle.

El santuario budista era el lugar en donde las personas se reunían para orar, meditar, hacer ofrendas o participar en las ceremonias religiosas. Los caminantes lo visitaban regularmente con la esperanza de recibir bendiciones especiales de los dioses, consistentes en salud, éxito en sus negocios o cosechas abundantes. Ellos venían desde lugares lejanos del territorio japonés, atravesando valles y montañas con unas pocas pertenencias aparte de la ropa que los cubría de las inclemencias del clima.

El complejo religioso estaba formado por varios edificios que rodeaban un patio. El acceso a estos era posible por medio de diversas puertas flanqueadas por dos estatuas guardianas: las *Niō*. El salón principal o *kondō* estaba situado en el centro del patio, en este había varias estatuas de Buda e imágenes sagradas rodeadas por varas de incienso y ofrendas de frutas y flores. En el altar principal se realizaban las oraciones. Estas expresaban los anhelos, el agradecimiento por las bendiciones recibidas o el compromiso espiritual; además, servían para buscar la sabiduría, la fortaleza y

LA MANO EXTRAÑA

valentía que se encuentran en el ser interior. Sobre el altar, también había placas de madera con los nombres que habían adquirido las personas fallecidas. Antiguamente estos nombres del más allá eran reservados para los monjes, pero, con el paso de los años, también se les dio a personas comunes que hacían contribuciones al santuario.

El *kondō* o salón de conferencias era donde los religiosos se reunían para estudiar o cantar los *sutras*, 'discursos pronunciados por Buda o algunos de sus discípulos'. Los *sutras*, una vez utilizados, eran guardados en el *kyosho*, que consistía en una cabaña sobre pilotes de madera.

También había un área en donde dormían los miembros de la congregación y un comedor para su alimentación. Por encima de los árboles destacaba una pagoda, en la que se mantenían las reliquias, símbolo de la fe budista y de la estructura del universo, pintada con colores llamativos con predominio del rojo. En el interior, en medio de la pagoda, una figura dorada del Buda cósmico descansaba en posición de loto.

La edificación contaba también con una campana que era tañida en Año Nuevo y otras ocasiones especiales. Su tamaño era muy grande, de manera que debía ser manipulada por varios hombres, estos levantaban el gran martillo de madera con cuerdas para producir un sonido muy fuerte que duraba varios minutos. La rutina de los ascetas consistía en tres actividades básicas: meditación, lectura de las escrituras sagradas y la asistencia a las ceremonias religiosas. Su agenda diaria estaba cuidadosamente regulada, pensando en el mayor aprovechamiento del tiempo: se levantaban a las cinco, antes del mediodía. Acto seguido, meditaban durante dos horas antes del desayuno, que consistía generalmente en arroz y vegetales. Luego oraban hasta las nueve. Durante el resto de la mañana los novicios más jóvenes atendían clases para aprender acerca de los escritos budistas. Después del almuerzo, se reunían con el propósito de discutir por medio de preguntas sobre las escrituras y la filosofía budista. La tarde se desenvolvía entre clases y discusiones. Al finalizar la jornada, se retiraban para ir a la cama o para meditar. Las tareas que realizaban en el monasterio habían sido planeadas con el fin de facilitar el proceso espiritual, cuyo fin último es el nirvana o iluminación. Ese era un día de verano en el templo budista. Dentro del lugar sagrado, la tenue luz de las velas iluminaba el recinto esa tarde. El canto de los devotos y el sonido de las campanillas se mezclaban para formar un sonido melifluo y monótono. Luego se hizo sonar un tambor *taiko*. En el centro, un monje presidía el culto rodeado de velas, incienso y pocillos de metal que contenían agua y hojas. Tomaba fuego de una de las velas y encendía varios pedazos pequeños de madera colocados sobre un plato enfrente de él.

El humo surgía de la madera seca e inundaba la estancia. Ahora solo el crepitar de las llamas y la percusión del tambor se escuchaban. El fuego tenía un efecto purificador en el plano espiritual

de las personas que participaban de la ceremonia, haciendo que desaparecieran los pensamientos negativos y los deseos.

Entre los presentes, un anciano monje cantaba el mantra de *Acalanatha* junto a sus compañeros: Shimammura era un hombre mayor, poseía un rostro ovalado que irradiaba paz y sabiduría; elementos que se habían conformado en su espíritu a lo largo de los años, con la práctica ascética devota de las virtudes pregonadas por el budismo. El único elemento piloso en su cabeza eran unas cejas canosas, que indicaban que se trataba de una persona que había superado la mediana edad. Era un hombre de figura delgada y ligera, estatura mediana; y, mientras caminaba, daba la sensación de que sus pies apenas rozaban el piso.

Hacía muchos años había ingresado en el monasterio. Los placeres de la carne eran para él algo muy lejano. Desde su juventud había llevado una disciplina ascética en busca de la iluminación, y esta conlleva la negación de los atractivos de este mundo ilusorio en el que vivimos. De acuerdo con el budismo, una persona alcanza la iluminación si es capaz de elevarse por encima del sueño creado por su mente ignorante, llena de deseos insatisfechos que lo mantienen en una situación de ansia. El ser humano es producto de las acciones y pensamientos que elige. Por lo tanto, para alcanzar la iluminación es preciso controlar los propios pensamientos y acciones.

Toda su vida había mantenido un voto de celibato. En su juventud había sido un tanto difícil para él perseverar en su empeño, pero lo había logrado por medio de la meditación y el desapego a las cosas materiales. Se había abstenido de cualquier contacto físico con mujeres, incluyendo el no recibir alimentos de sus manos directamente o hablar con ellas sin la presencia de otro compañero. Se había guardado de matar ningún ser vivo, de mentir y de intoxicarse con alcohol o drogas; cosas que son un obstáculo para el desarrollo espiritual. Una vez que un novicio toma sus votos, debe cumplirlos durante toda su existencia; si los abandona, tiene que hacerlo en una ceremonia formal en el mismo templo en el que los hizo originalmente. Esta acción conlleva un mal karma, muy difícil de eliminar. Por este motivo, los que hacen los votos lo hacen con mucha seriedad, conocedores de las consecuencias de romperlos.

Shimammura era un hombre anciano, sabía que ya no tenía muchos años por delante. Durante su existencia había sido testigo de muchos rituales, incluyendo algunos de automomificación. La mayoría habían terminado en fracaso, los cadáveres de los aspirantes habían sido consumidos por los gusanos y enterrados de nuevo en el cementerio del monasterio. Únicamente, uno de los ascetas que habían seguido el procedimiento había alcanzado su meta, sus restos permanecían en un lugar de honor en el santuario y era venerado por propios y visitantes. Él era joven cuando esto sucedió, pero aún recordaba al anciano mientras vivía. Este había seguido el ritual de manera meticulosa y sin quejarse, así que merecía tan alto honor. Él también aspiraba a alcanzar esta dignidad.

Algunos de sus compañeros no creían que lograría convertirse en buda viviente, tal era el caso de Kochi. Durante varios años había existido una rivalidad entre ambos. Kochi era considerado uno de los miembros más sabios de la comunidad religiosa y, como suele suceder, la rivalidad surge entre personas que ostentan posiciones similares, igual valor o estima a los ojos de los demás.

Kochi tenía más o menos la misma edad que Shimammura, era de estatura arriba del promedio y una figura robusta, de rostro austero, poseía cierta seriedad que revelaba su inteligencia, que había sido advertida por sus preceptores desde su juventud, y que le había agenciado el reconocimiento de sus maestros y el de sus compañeros de claustro.

Cuando su compañero decidió seguir el ritual, las

relaciones entre ambos se volvieron más frías, Kochi había dicho: «No

creo que Shimammura logre convertirse en buda viviente». Los monjes más cercanos a Kochi también habían expresado sus dudas, mientras que los del bando de Shimammura opinaban lo contrario. Tales discrepancias no generaban mayor conflicto dentro de su ámbito religioso, ellos habían aprendido a vivir en armonía a pesar de algunas diferencias.

Él permanecía indiferente ante las opiniones de sus compañeros, se había propuesto seguir hasta el final. Era del tipo de persona que al proponerse hacer algo lo lleva a cabo sin importar las dificultades que su decisión conlleve. Durante mil días siguió una dieta que consistía solamente en frutas secas, principalmente nueces, nuez moscada y avellanas, harina de trigo y algunas hierbas, tal cual estaba previsto.

Las frutas secas se limitaban a las que podían encontrarse en los alrededores del monasterio. Su rutina diaria era extenuante, realizaba faenas que lo dejaban completamente exhausto; esto era a propósito para lograr el mayor adelgazamiento posible.

El trabajo arduo, sumado a la autoimpuesta dieta, hicieron que su figura se fuera consumiendo cada vez más. Toda la grasa corporal que tenía fue desapareciendo lentamente. Su estómago se hundía, sus brazos eran tan delgados como huesos y, fácilmente, se podían mirar las costillas cuando se quitaba la túnica por las noches. Su rostro evidenciaba arrugas profundas, sobre todo alrededor de la boca y en los párpados debajo de los ojos. Algunos de sus pares lo miraban con admiración; otros, por el contrario, pensaban, si bien no lo manifestaban, que no lograría su objetivo y terminaría por formar parte de los que habían fracasado y habían sido sepultados después de hallarse que su humanidad no había resistido la corrupción.

Kochi se encontraba entre los que no creían que lo lograría y él íntimamente guardaba sentimientos de oposición hacia su compañero, en el fondo deseaba que este no lograra su objetivo, porque esto lo colocaría en un nivel superior al de sí mismo. Es curioso de qué manera los propios pensamientos enmascaran las propias debilidades. «Es la soberbia lo que lo hace actuar de esa manera», razonaba Kochi para sí. Él sabía que sentimientos tales como la soberbia indicaban que una persona aún no había alcanzado el estado espiritual necesario para llegar a un nivel alto de iluminación, necesario para ser un buda viviente.

Según el budismo, el origen del sufrimiento humano es el deseo, las ansias de satisfacer nuestros deseos sensuales, la búsqueda de satisfacerlos aquí y ahora, y luego allí. El deseo de «llegar a ser» conduce al ser humano a un nuevo ciclo de nacimiento, muerte y reencarnación. La única manera de acabar con ese ciclo es renunciando al ansia por los placeres sensuales, con la ausencia de pasión.

Kochi presumía que su compañero carecería del desapego hacia los deseos mundanos requeridos para alcanzar el estado de bienaventuranza necesario para llegar al nirvana, pero en su interior él también sabía que tenía un sentimiento de envidia, otra emoción que delataba su propia carencia de desarrollo espiritual. Kochi pasaba todas las mañanas enfrente de Shimammura, miraba a su compañero de claustro con una gesto frío y dubitativo. Una leve sonrisa en su rostro mostraba que era evidente que no creía en lo que este hacía. En el monasterio, en donde nada inusual sucedía, ahora había un ambiente de tensa calma, de expectativa, que revelaba las opiniones encontradas entre los que consideraban que lograría su propósito y aquellos que esperaban lo contrario.

Una vez concluida la primera fase del proceso, siguió la segunda fase, aplicando lo que aconsejaba el ritual: comió solamente raíces y cortezas de pino por otros mil días. Esta etapa fue más difícil, más austera que la anterior. Para ese entonces, su organismo ya había consumido toda la grasa corporal, hallándose conformado solo por huesos y fibras musculares, que podían observarse a simple vista apenas cubiertos por una capa de piel.

Al final de este periodo, comenzó a tomar el té venenoso de la savia del árbol *Urushi*, habitualmente utilizado como barniz para laquear los cuencos. Al beber el té, este le provocaba vómitos, sudaba y orinaba profusamente, lo que a su vez le causaba deshidratación, un efecto en extremo desagradable, pero él sabía que era necesario tomarlo para evitar que los gusanos se apoderaran de su cadáver una vez que hubiera fallecido. El tóxico té actúa como un antiséptico natural, impidiendo que los parásitos y bacterias se propaguen en el organismo de quien lo ingiere.

Para entonces su silueta era muy delgada, nadie que le hubiera conocido antes hubiera podido reconocerlo, su piel había tomado un color opaco. Su aliento y cuerpo despedían un olor característico a vegetales. Los demás adivinaban su presencia sin necesidad de verlo por su olor. Él atenuaba su sufrimiento por medio de la oración constante y el canto de mantras.

Alrededor del monasterio comenzaron a surgir

rumores, había quien afirmaba que Shimammura había abandonado su dieta de té, debido a los intensos vómitos, y ya no intentaría seguir con sus propósitos. Hasta llegó a afirmarse que había muerto sin llegar a la etapa final. Sin embargo, todas las mañanas amanecía con vida como si no le afectara nada de lo que de él se decía, y el proceso continuaba su curso.

Con el paso de los días, su humanidad se iba debilitando cada vez más hasta que sus frágiles miembros apenas estaban en condición de moverse. Ya no realizaba trabajos y únicamente se ocupaba de la oración y la meditación para mantenerse alejado del dolor que padecía.

Por fin llegó la fecha de la inhumación. Era la mañana de un día de otoño en el que las hojas caían de los árboles y se arremolinaban como manos aladas de colores amarillos y marrones. El sol era más tenue, y el viento frío ejecutaba su triste melodía ascendiendo hacia las montañas cercanas. Una niebla blanca teñía el cementerio con colores fantasmagóricos. Sobre los árboles, los pájaros cantores hacían un coro de voces que armonizaba con la solemnidad del evento que habría de presenciar, formando un amplio contraste entre la libertad de su vuelo y el confinamiento natural del cementerio.

Sobre la calzada que cruzaba el camposanto, la procesión surgió cual serpiente, que lentamente se acercaba a su destino. Llevaba en su seno al que habría de ser, desde ese momento, parte de la tierra. Solo las frías lápidas y algunas estatuas de piedra que se erguían solitarias contemplaban el cortejo. Una innumerable cantidad de lámparas, que eran mantenidas perpetuamente encendidas, alumbraban el sitio.

Como era parte de la tradición de los monjes budistas

a los que pertenecía, fue introducido en una reducida tumba de piedra en la que apenas cabía sentado en posición de loto. En ese momento se hallaba muy débil y tuvo que ser auxiliado por un grupo de compañeros para acomodar sus frágiles huesos en el interior. Se colocó una losa sobre su cabeza y, a continuación, se cubrió la sepultura con tres metros de tierra; de ahora en adelante la única comunicación que tendría con el exterior sería una caña de bambú y una campana.

Durante los días siguientes, los monjes venían a inspeccionar la tumba varias veces durante la jornada y estaban pendientes del sonido proveniente del interior. Cada mañana, hacía sonar la campana para indicar a los demás religiosos que continuaba con vida. Una vez que verificaban esto, ellos confirmaban el hallazgo con sus compañeros.

Dentro de su nicho, podía escuchar las voces de sus condiscípulos en el exterior, sonidos apagados, atenuados por la oscuridad y la lejanía. La mayor parte del tiempo se concentraba en recitar los mantras y así abstraerse de su situación. Durante las noches, el frío y la humedad del piso penetraban su piel. A lo largo del día una tenue luz se colaba por el agujero por el que se introducía la caña e iluminaba su tumba. Hacía falta aire, el único que había procedía de la caña que lo mantenía en contacto con el mundo exterior, se sentía sofocado. También percibía un vacío en su estómago, similar al llanto de un niño abandonado: monótono, triste y sin esperanzas de que alguien se apiade al escucharlo.

Una vez más se concentraba en su meditación y lograba alejar el fantasma del temor y el anhelo que buscaba apoderarse de su cuerpo y de su mente. Por momentos estaba tan cansado que no sabía si dormía o no.

Entonces, pudo recordar todos los detalles de su existencia terrenal como si una corriente de imágenes se presentara ante sus ojos. Todas sus experiencias previas parecían extremadamente lejanas, sus sueños de niñez y juventud, su dedicación al templo, su actividad como miembro de su comunidad. No sabía dónde habían quedado sus anhelos pasados. En la oscuridad, meditaba pacientemente, esperando calmar sus pensamientos y sus necesidades vitales. Su debilidad era tal que apenas podía mover sus brazos. Llegó un momento en el que escasamente era capaz de alcanzar la cuerda que movía la campana y respiraba con dificultad.

Hacia el final de un día particular, sintió una paz intensa que invadió su ser, dejó de sentir el dolor y el frío, y su mente se vio despejada como no lo había estado en mucho tiempo. En ese momento recordó su infancia; los sueños y la realidad se confundían entre sí. Volvió a ser un niño; observó a su madre, que lo esperaba en su vieja casa al lado del río Shinanogawa. Su madre había muerto hacía muchos años, de igual manera que el resto de su familia, lustros después de que él hubiese ingresado al servicio del templo. La contempló como era en su juventud, cuando él era aún un infante que solamente se preocupaba por jugar: el cabello negro sin canas, su piel lozana y juvenil. Aunque solo fuera una visión, allí estaba ella, lo miraba con ojos bondadosos, llenos de cariño, con los brazos abiertos, como un bebé que comienza a caminar. Él se levantó y dio los primeros pasos hacia su madre mientras su luz interna se fue apagando poco a poco.

Finalmente, la campana dejó de sonar. Los monjes que pasaban por la superficie sacaron el tubo, seguros de que el inquilino de la tumba había muerto.

Esperarían otros mil días para abrirlo y verificar si el proceso de automomificación había sido exitoso.

Tras el entierro, se habló mucho del asunto, mas con el paso del tiempo la situación comunitaria regresó lentamente a la calma y los rumores cesaron. Todos se olvidaron del anciano sepultado y volvieron a sus tareas y actividades habituales.

Las reuniones de estudio, las oraciones y las meditaciones retornaron a su rutina normal. Volvieron a concentrarse en llevar una existencia ascética, que exige el abandono de los deseos mundanos y seguir una vida ética mediante el desarrollo de la sabiduría y de la compasión.

Mil días son muchos, casi tres años, en los cuales nadie recordó al veterano anciano enterrado, cuya humanidad yacía a la espera de volver a ver la luz. Nuevas primaveras floridas, veranos ardientes, otoños coloreados de rojo y fríos inviernos habrían de pasar, en los que escasamente se habló acerca del destino del anacoreta. Al aproximarse el término de mil días, el tema se convirtió en tópico común de conversación. La información de lo acontecido en el monasterio trascendió los límites del claustro y aun en las poblaciones vecinas se hablaba sobre ello. Resurgió el debate de si Shimammura habría logrado su propósito. Una vez el plazo se hubo cumplido, los religiosos volvieron al mausoleo. Al observar el emplazamiento parecía que solo hubieran transcurrido unos pocos días, el cementerio estaba tal cual lo habían dejado tiempo antes, a no ser por la hierba que había crecido sobre el sitio. Las aves presenciaban el evento, en el que al contrario del anterior los restos mortales del religioso volverían a ver la luz del sol.

El grupo de seguidores de Kochi estaba seguro de

encontrar los restos del mártir en estado de descomposición; los seguidores de Shimammura, a diferencia, esperaban que se hubiera producido el milagro de la preservación. Si se hallaba en estado de conservación, sería considerado un *sokushinbutsu* o buda viviente, y su cuerpo momificado sería llevado al santuario, donde podría ser venerado y cuidado por las siguientes generaciones de miembros de la congregación y por el público que visitaba el templo; si su cadáver se hallara descompuesto, debería ser enterrado con honores, pero no podría considerarse un buda viviente.

Todos los monjes circundaron la sepultura con mal disimulada expectación mientras dos novicios extraían pacientemente la tierra. Sus pies se cubrían de fango mientras la extraían. Luego, con cuidado, levantaron la lápida de piedra que techaba el sepulcro. Al ver la luz, del interior del nicho surgió una nube de mariposas. Debajo de estas divisaron el interior: la tumba estaba vacía.

EL ENCIERRO

He estado en esta habitación por meses sin salir. Me he acostumbrado a mi soledad. Aquí tengo todo lo que necesito: comida enlatada, agua, un sanitario y libros, sobre todo libros. Afuera escucho diariamente los sonidos habituales de una casa, los pasos agitados en la mañana cuando todos se levantan, las voces que hablan entre sí, las risas y los gritos ocasionales. Luego el silencio, cuando se van a dormir, y a la mañana siguiente la rutina comienza de nuevo. Lo malo es que sé que soy el único habitante de la casa, ya que todos los demás han muerto hace mucho tiempo.

WAXAKLAJUN UBAH KAWIL

Waxaklajun Waxaklajun Ubah Kawil, más conocido como Dieciocho conejo, fue el rey número trece de Copán y el más grande de ellos. Construyó el ochenta por ciento de la ciudad, fomentó las artes y atrajo a intelectuales de todo el mundo maya. Colocó a K'ak' Tiliw Chan Yopaat (Cielo Cauac), su sobrino, como gobernante de Quiriguá, una poderosa ciudad maya vecina. Cuando estaba en el pináculo de su poder, le preguntó a uno de sus adivinos que quién le sucedería en el trono de Copán. Este le vaticinó que veía en su sucesión el cielo lleno de humo, que un mono aparecía en él y que sería sucedido en el trono por dos parientes. Posteriormente, debido a desavenencias políticas, se declaró la guerra con su sobrino, Cielo Cauac, señor de Quiriguá, quien lo venció en batalla y lo mandó a decapitar. La sangre real de Dieciocho conejo regó el suelo de la urbe maya. Después de que el rey de Quiriguá abandonara Copán, ocupó el trono de la ciudad el hijo del recién asesinado monarca, Kak Joplaj Chan Kawil (Humo Mono). Así se cumplió el pronóstico del mago: Waxaklajun Ubah Kawil fue sucedido por el cielo (Cielo Cauac) y por el humo y el mono (Humo Mono), quienes eran sus parientes, sobrino el primero e hijo el segundo. Desde entonces el número trece es considerado de mala suerte.

LA MANO EXTRAÑA

No sé si podré describir los tristes sucesos de mi existencia de la manera correcta y exacta que el lector exigente demandaría. Aun ahora, miro hacia atrás y en mi mente reina un cierto grado de confusión que me impide analizar los sucesos con la claridad y objetividad necesaria a fin de hacer un relato apropiado. Espero se me dispense por esta deficiencia; sin embargo, haré lo posible por verter en estas páginas la más honesta muestra de los hechos que mi memoria me permita.

A veces al despertar por las mañanas me parece que solo ha sido un mal sueño del que acabo de despertar, luego descubro que no se trata de una ensoñación vacua y comprendo que mi vida es tan trágica como se pueda imaginar y que no puedo escapar de mí mismo, ni de mi pasado. Sabe Dios cuánto daría por poder rehacerlo, pero la realidad se impone y esta es inmisericorde con las memorias tristes que nos aquejan.

Mis prístinos recuerdos datan de mi tierna infancia. Entonces mi existencia era sencilla, sin mayores preocupaciones que las propias de la edad. Mi padre, Gerhard, trabajaba como empleado del trasporte local, las *Wiener Linien*. Él salía a trabajar todos los días. Aun así, procuraba pasar el mayor tiempo posible con nosotros. Era el sostén de la familia y desempeñó su papel de manera admirable. Recuerdo que, si bien no podía reconocer la hora en el reloj de pared ubicado en nuestra sala, era capaz de adivinar el momento en que él llegaría a casa con notable precisión: algo en el ambiente me lo revelaba, aun ahora soy incapaz de acertar qué era ese algo. Quizá un sexto sentido o mi reloj biológico, no sabría decirlo. Mi madre era una mujer cuyo mayor interés era hacer de su hogar un lugar en donde sus seres amados pudieran habitar, un ambiente de amor y confianza. Ella permanecía en casa al cuidado de mi hermana Ana y de mí. Este era un tiempo que hasta el día de hoy atesoro en mi memoria. Mi hermana, a la que siempre me unió una relación muy cercana, había nacido cuando tenía dos años. Su cabello era rubio oscuro, rizado, y tenía unos grandes ojos azules que ocupaban la mayor parte de su rostro. Su pequeña barbilla estaba surcada por una línea por en medio de igual manera que la de mi madre. En las ocasiones en que sonreía, sus minúsculos dientes, separados unos de otros, parecían un tablero de ajedrez. Mi madre nos mimaba más allá de lo aconsejable. Éramos, por decirlo de alguna manera, la luz de sus ojos. No escatimaba en nada con tal de que mi hermana y yo fuéramos felices.

Vivíamos en un apartamento, como la mayoría de las familias vienesas. El que llamábamos nuestro hogar era un típico piso de clase media, ubicado en la segunda planta de uno de los tantos edificios de apartamentos de la ciudad. Si bien no era muy grande, la adecuada disposición de las dependencias lo hacía parecer más amplio de lo que realmente era. Había sido construido a finales de la década de los años sesenta. Constaba de una sala comedor, una cocina que se comunicaba con este del que no la separaba pared alguna y tres habitaciones. El suelo era de madera enchapada de color marfil. Tenía grandes ventanas, por las que se podía ver el exterior que daban con una calle principal, muy concurrida por autos y peatones, en donde también corría el 'tren local' (*tram*) durante el día y parte de la noche.

Mi infancia fue, tal como podrá suponerse, bastante feliz. Tuve un hogar estable en el que me sentía amado y en el que todas mis necesidades básicas fueron cubiertas. Una inherente curiosidad e incipiente imaginación me llevaron a descubrir un cosmos en el que cada evento era causa de asombro: nuevos atuendos, algún nuevo objeto. Todo se teñía de un color de espectacularidad, como si a cada recodo del camino se pudiera descubrir un mundo insólito. Mis padres me traían nuevos juguetes de vez en cuando, yo admiraba sus colores y me maravillaba por sus formas y utilidades. Algunos eran pequeños; entre ellos, los soldaditos con los que entablaba batallas imaginarias; otros grandes, en particular una cometa con diseño de águila que mi madre me regaló y que trataba de elevar, inútilmente, corriendo dentro de mi casa, hasta que mi padre me llevó al campo en las afueras de la ciudad, donde pude por fin verla elevarse hacia las alturas.

Recuerdo que era un día frío y ventoso cuando fuimos a un campo cercano a los viñedos. El cielo estaba despejado. Podían observarse las hojas caídas de los árboles, que se movían de un lugar a otro sobre el terreno. Antes de salir, mi padre había sacado una banderilla por la ventana que daba al exterior de nuestro apartamento. Al verla agitarse, dijo: «El clima es ideal para que vayamos a volar tu cometa».

Al llegar al campo, nos colocamos de cara al viento. Mi padre tomó la cometa y me indicó que yo fuera por delante y cogiera la madeja de hilo. La desenrollamos alrededor de quince metros. A continuación, en el instante en que la cometa se elevaba parcialmente al contacto con el viento, mi padre me indicó que tirara del hilo. Con esa tensión la cometa comenzó a levantarse desde el suelo hacia el cielo azul y limpio para mi deleite. En poco tiempo estaba navegando en medio de las ráfagas en las alturas. Nunca olvidaré ese momento de realización. Recuerdos similares han permanecido impregnados en mi memoria sin que yo sepa el porqué. Al fin y al cabo, nunca se sabe la razón de la permanencia de ciertos hechos y la desaparición de otros en la niebla del tiempo.

Recuerdo que en mi casa había varios instrumentos musicales, los miraba con asombro y fascinación. La sala de estar se encontraba dominada por un piano. Antiguamente gran parte de las familias vienesas contaban con uno, que servía para la práctica musical de los miembros de la casa, así como en la organización de veladas musicales a las que asistían familiares y amigos; parte de esa tradición se conservaba en mi familia.

Para mí, resultaba absolutamente sorprendente que de estos objetos sólidos pudieran desprenderse hermosas melodías que podíamos disfrutar. Quizás este embelesamiento por estos artefactos productores de satisfacción auditiva, creadores de belleza, determinó el que desde muy temprana edad me inclinase por la música. En ese interés pueril influyeron mis padres, ya que en mi casa se escuchaban las mejores agrupaciones interpretando música clásica y jazz.

Mis progenitores, a pesar de haber cultivado sus habilidades musicales y a diferencia de otros miembros de la familia, eran únicamente músicos aficionados, lo cual no impedía que manifestaran su amor por la música de manera ocasional, ejecutando el piano mi padre y la flauta mi madre. De modo que fue natural que comenzara a tocar el piano que se encontraba en la sala de la casa, bajo la instrucción de un prestigioso maestro, a quien confiaron mi instrucción musical. Ambos escuchaban mis primeras melodías con visible placer, lo que animaba aún más las naturales inclinaciones que pudiera poseer.

En mi familia corría una vena artística que se expresaba en nuestro interés por las bellas artes, tales como la música el teatro y la pintura. Varios familiares cercanos eran músicos o artistas de profesión. Mi tío Karl era cantante de ópera, mi prima Elisabeth tocaba el violín en una orquesta y otra prima, María, era actriz profesional.

En la ciudad de Viena, donde vivíamos, se cultiva mucho el arte. La música, en particular, ha alcanzado alturas cimeras de la mano de grandes compositores: Mozart, Beethoven, Brahms, Haydn, Mahler, Strauss y Schönberg, entre otros. La profesión musical, sin embargo, es harto difícil en un medio en el que los instrumentistas abundan por doquier. Con frecuencia se ve a estudiantes de las escuelas de música tocando instrumentos en alguna calle cercana a *Stephansdom*, la catedral local de mayor importancia de la ciudad, o en todo el área alrededor del primer distrito, con el objeto de poderse agenciar un poco de dinero, obtenido de lo que donan los transeúntes, depositándolo en una canasta o sombrero, colocado enfrente de ellos para tal propósito. En eso fui más afortunado, mi familia me apoyó en los estudios musicales.

Por desgracia, también eran frecuentes en mis consanguíneos algunos trastornos psicológicos; pareciera que el talento artístico y los trastornos del espíritu tuvieran funestamente un destino común. En miembros de mi estirpe hubo casos de personas con comportamientos que podrían calificarse como anormales. Había en nosotros, en la herencia comprartida, elementos de degradación mental entronizados, que nos arrastraban hacia la autodestrucción, que nos llevaban hacia el propio aniquilamiento. La muerte se llevó a varios de mis consanguíneos mientras aún eran jóvenes, quienes, afectados por conflictos internos, optaron, en algunos casos, por tomar sus propias vidas. La soledad era también una compañera frecuente; la soltería era habitual, en una proporción más allá de lo usual, probablemente producto de nuestra tendencia anómala. Mientras digo esto, me imagino que ustedes pensarán que esto es solamente una forma manifiesta de evadir mi culpa, pero nada está más alejado de la verdad que esta apreciación. Acepto gustosamente cualquier juicio que se haga en mi contra. Al fin y al cabo, mi conciencia es el más severo juez, y de ella no podré escaparme jamás.

Después de terminar mis estudios secundarios, ingresé en la Universidad de Música y Arte Dramático (*Universität für Musik und darstellende Kunst Wien*) de la ciudad y toda mi existencia posterior giró de alguna manera alrededor de la música. Fundada en 1819, la universidad cuenta con veinticuatro institutos y es una de las más prestigiosas en Europa.

Siempre fui una persona constante en mis propósitos, y esta constancia a la larga dio sus frutos, ya que para ser músico profesional en una ciudad tan competitiva en el arte musical como lo es Viena se requiere mucho trabajo, además de talento innato. Practicaba largas horas en casa con el objetivo de perfeccionar la técnica, lo hacía con placer. En ensueños me miraba tocando el piano en grandes teatros, ante audiencias que aplaudían fervorosamente. Tenía la idea obsesiva de lograr las notas perfectas, con la intensidad exacta y la expresión correcta; no bastaba que estuviera bien, la ejecución debía ser impecable. Practicaba hasta que las melodías fluían de mis manos hacia el piano como si este fuera parte de mí mismo: con completa naturalidad, tal como si no existiera otra opción posible. Tal compenetración con el instrumento era necesaria, según pensaba, para lograr la excelencia, y no me conformaba con menos que eso.

Cuando concluí los estudios en el conservatorio, obtuve trabajo en una orquesta de la ciudad, y fue allí donde conocí a quien en el futuro sería mi esposa, Ingrid. Ella tocaba el violín en la agrupación en la que ingresé.

Recuerdo que en nuestro primer encuentro congeniamos desde el inicio, y el interés común por la música nos brindó notables veladas en las que compartimos nuestra afición. Ella era delgada y más alta que la mayoría, tanto que debía ponerme de puntillas para besarla, tenía una figura un tanto desgarbada, producto de su misma altura, y un cabello rubio que le caía por los hombros. Sus ojos eran azules, grandes y expresivos; cualquiera diría, al conocerla, que se podía confiar en ella con solo observar sus ojos. Tenía una bonita sonrisa. Al sonreír mostraba sus dientes grandes y blancos igual que el marfil del teclado de un piano.

Comenzamos una relación satisfactoria para ambos. Por las tardes, después de salir del trabajo, íbamos con algunos amigos a departir en un café de los muchos que había en la ciudad o caminábamos por las calles cogidos de la mano. Ella llevaba siempre su estuche con el violín en la otra mano, que se balanceaba despreocupadamente. Éramos tan felices como es posible serlo cuando se ama y se es correspondido, cuando se tiene un trabajo que llena y una vida por delante para vivirla juntos.

Recién casados, nos establecimos en un apartamento del décimo distrito. No era muy grande, pero solo éramos nosotros dos, y nos conformábamos con uno pequeño. En Viena, la mayor parte de las familias rentan sus hogares en edificios de tres o cuatro niveles, que conforman la mayoría de la urbe. Pocas personas poseen un piso propio, y una casa particular parece estar fuera del alcance de la mayoría, debido a los altos precios de los bienes raíces.

El trabajo con la orquesta fue muy satisfactorio, recibí muy buenas críticas por parte de los entendidos. Mi virtuosismo en la interpretación fue aplaudido por los espectadores en cada presentación que dábamos. Parecía un sueño poder interpretar obras musicales imperecederas en los lugares en los que anteriormente habían estado figuras colosales de la música.

Una ocasión especial fue el concierto nocturno de verano *Sommernachtskonzert*, de la orquesta filarmónica en el palacio Schönbrunn, un evento al aire libre, llevado a cabo cada año en los jardines barrocos y majestuosos del palacio, al cual asistían alrededor de cien mil visitantes cada año; que, además, era televisado de manera que pudiera ser visto por los todos los telespectadores alrededor del mundo.

Todo parecía indicar que el extraño sino latente en nuestra sangre ancestral no se cumpliría en mí. La verdad es que no pensaba en ello con frecuencia, imbuido en el aroma agradable de la felicidad conyugal y profesional. Pero nada es eterno, siempre hay una sombra en cada esquina y en cada paraje por el que cruzamos a lo largo de nuestra existencia.

La vida transcurrió con relativa normalidad hasta que se manifestó la terrible enfermedad que habría de ocasionarme tanto perjuicio.

Fue un día en el que me encontraba en el subterráneo (*U-Bahn*) de Viena. Era la hora pico, una marea de personas entraba y salía por las puertas de los subterráneos que corrían sin parar. Hacía calor y no había asientos libres, así que me paré cerca de la puerta de entrada. A mi lado iba un hombre mayor con bigote largo y botas, con su pastor alemán que usaba bozal e iba sujeto por medio de una cadena. Enfrente iba una mujer alta de mediana edad, por su apariencia podría decir que era nativa del país. Yo iba distraído en mi propio pensamiento, quizás ocupado pensando en la obra que estábamos montando con la orquesta, cuando la mujer que iba delante de mí se dio la vuelta y me miró primero con extrañeza y luego con cólera. Me gritó: «¡¿Qué diablos le pasa a usted?!», mientras fruncía sus cejas en señal de desaprobación. Imaginen cuál sería mi sorpresa ante tal reacción inesperada por parte de la mujer en cuestión. Después de un instante de confusión, solo alcancé a musitar confundido en voz baja: «Entschuldigung».[1] Si bien en realidad no

---

[1] 1 'Discúlpeme'.

entendía lo que había sucedido, juzgué que era lo más apropiado en esa situación. Aunque en aquella ocasión no pude comprender, más adelante ocurrirían circunstancias que aclararían la reacción de esa mujer.

Una vez, mientras cocinaba en casa, cosa que hacía con mucha frecuencia, pues me agradaba y a mi esposa le gustaba, en cierto momento me giré hacia la derecha para coger una cebolla que estaba sobre el mueble de la cocina con mi mano derecha. Al regresar la vista hacia la estufa donde estaba la sartén con el aceite hirviendo, me di cuenta de que mi mano izquierda la había cogido y estaba derramando su contenido encima de la estufa y el piso sin que yo lo deseara. Fue entonces cuando me enteré de que, por lapsos de tiempo, no tenía control voluntario sobre mi mano. Esta se negaba a obedecerme. Fue necesario tomar mi izquierda con la derecha con el fin de evitar que ocurrieran males mayores. Después de un rato de batallar, la situación volvió a la normalidad sin que supiera por qué había ocurrido este incidente.

En los días siguientes, volvieron a presentarse estas situaciones anormales de forma esporádica. Con el pasar de los meses esta condición se había convertido en algo que dificultaba mi trabajo, pues como músico profesional trabajaba con las manos. Debía practicar diariamente con el instrumento y vivía con el temor de que mi mano cobrara vida propia sin previo aviso.

Visité varios médicos sin encontrar una respuesta satisfactoria. Me hicieron muchas pruebas, desde exámenes de sangre hasta otros más sofisticados: TAC, FMR, etc. No se encontró con certeza cuál era la causa del problema y, por lo tanto, tampoco se encontró una cura. La versión oficial fue que padecía el síndrome de la mano extraña, una dolencia neurológica muy inusual que no tenía cura. El médico me dijo que hasta donde sabía, en los pocos casos detectados en el mundo, no había ocasionado males mayores o incapacidad manifiesta que les impidiera llevar una vida normal: en pocas palabras, me confirmó que debería acostumbrarme a vivir con el mal, pues no había cura conocida para el mismo. Pero el constante estrés al que había sido sometido me produjo insomnio y ansiedad, así que visité a un psiquiatra, que me prescribió antidepresivos y ansiolíticos, aparte del hipnótico que ya tomaba para descansar durante la noche.

A pesar de que había experimentado situaciones incómodas por mi padecimiento, nada habría de prepararme para lo que había de venir.

La agrupación estaba interpretando el concierto para piano y orquesta n.º 5, en mi bemol mayor de Beethoven, conocido popularmente como Emperador. Durante los ensayos todo había salido bién: el director y la orquesta revisaron con buen suceso aquellos pasajes que planteaban un reto desde el punto de vista rítmico y armónico. Mi papel era el de solista y había practicado mi parte con exhaustivo detenimiento junto con un pianista auxiliar.

El día de la presentación, cada uno de los detalles importantes habían sido considerados con mucho cuidado. El piano de cola estaba colocado en el escenario, de lado y enfrente del público, de manera que se podía ver su lado derecho y a un servidor tocándolo. Detrás de este estaba parado el director, junto con el resto de los instrumentistas, vestidos de frac. El piso del escenario era de madera clara, de forma que sobre él se distinguían los pies de los músicos con sus zapatos negros y detrás el telón oscuro.

El teatro estaba abarrotado, no podía distinguirse un asiento libre en la platea, y los palcos desbordaban de vida. El director y yo subimos al escenario en medio de una ovación del público, que agradecimos con una reverencia. Durante el allegro inicial, la participación del piano y el acompañamiento de la orquesta fueron majestuosos: la orquesta tocó los dos primeros temas, el piano el tercero y, por último, la compleja coda dio fin al movimiento.

La ejecución fue perfecta, el programa iba de acuerdo con lo planeado. El segundo movimiento cautivó al público con su lirismo, debo admitir, modestamente, que mi participación estuvo excelente.

Todo parecía indicar que la presentación sería un éxito, el público nos prestaba toda su atención, permanecían inmóviles y en silencio, escuchando la interpretación. Luego vino el rondó, aquí el tema principal es iniciado por el piano y respondido por la orquesta; mas, en la ocasión en la que debía intervenir, mi mano cobró vida propia y, en vez de tocar lo que estaba escrito en la partitura, se movió de manera incontrolable golpeando aleatoriamente las teclas del piano, arruinando la intervención con ruidos desagradables.

En ese momento sentí una tensión extrema. Todos los que escuchaban se quedaron asombrados, incluyendo el director, quien no sabía qué hacer. Intenté agarrar mi mano izquierda con la diestra, pero esta se resistía. El espectáculo tuvo que ser realmente insólito para la audiencia que observaba la escena.

Por fin varios de los empleados que estaban tras bambalinas salieron con la intención de asistirme y dirigirme fuera de escena. Tuve que salir del escenario derrotado y de más está decir que sufrí una vergüenza indescriptible. Después de este incidente, me dieron de baja en la orquesta, el director y los otros músicos me manifestaron su pesar por lo que había ocurrido, pero todos sabíamos que ya no era posible que continuara tocando el piano. Mi carrera musical estaba terminada, lo que cambió mi existencia para siempre.

Nuestra convivencia doméstica también sufrió el cambio, uno bastante nefasto debo agregar. Ahora que solo mi esposa trabajaba para mantener el hogar y, en gran parte, debido a la tensión nerviosa que la condición había generado en mi persona, las discusiones se volvieron más frecuentes. Con el objeto de calmar la angustia y decepción que sentía, acabé bebiendo más alcohol de la cuenta. Este, junto con las drogas de prescripción, formaron un cóctel que contribuyó a hacer de nuestro matrimonio un verdadero infierno.

Mi mano agravó de forma directa aún más mis problemas, pues en una ocasión abofeteé a mi esposa mientras discutíamos. Ella pensó que lo había hecho adrede y esa situación generó mayores dificultades en nuestra relación. La tensión nerviosa se fue acentuando, lo que hizo que tomara mayor cantidad de ansiolíticos e hipnóticos para poder dormir y permanecer en estado normal.

A veces, después de tomarlos, no me dormía, sino que deambulaba sin conciencia de lo que hacía. Al día siguiente solo lo recordaba vagamente. Podría ser un hecho sin importancia, ir a tomar un bocadillo al refrigerador o cocinar alguna comida. Al levantarme por la mañana, me daba cuenta de que había dejado restos de comida sobre la estufa y platos sucios en el fregadero o la mesa del comedor. Otras veces salía del edificio y caminaba por la calle o iba a algún lugar específico. Tenía vagos recuerdos de lo acontecido, por lo que sabía que no había sido un sueño. A veces encontraba indicios de lo ocurrido durante estas correrías nocturnas, como un recibo de compra o la cuenta de un bar en mi bolsillo.

Con el tiempo, llegué a concluir que mi mano, además de poseer actividad motriz propia, también tenía un pensamiento y una voluntad personal, puesto que parecía responder a mis intenciones: si yo pensaba o me expresaba de manera negativa hacia ella, ella se vengaba de algún modo. Con frecuencia me golpeaba por la noche mientras dormía. En más de una ocasión trató de ahorcarme, lo que volvió mi sueño intranquilo. Por las mañanas me sentía muy cansado y de mal humor, así que trataba de no pensar en ella. Hasta llegué a creer que podía escuchar mis pensamientos y tenía la certeza de que sabía cuáles eran las intenciones que albergaba, aunque intentara ocultárselas.

Un día en el que mi mente estaba fuera de orden, ya que no había dormido bien durante varios días, me desperté en medio de la noche, tendido en el sofá de la sala de mi apartamento. La oscuridad cubría la estancia, en donde apenas se divisaba la posición de los muebles, que parecían bultos oscuros arrojados sobre el suelo. Se podía adivinar que reinaba el desorden, pues varias sombras amorfas indicaban que había cosas tiradas en el piso, situación fuera de lo usual, debido a que Ana y yo éramos muy meticulosos respecto a la limpieza y no nos gustaba el desorden. Estaba vestido con pantalón y camisa, como si hubiera salido del apartamento o me dispusiera a hacerlo. En ese lapso de claridad mental, pensé en mi mano y en algo que había estado meditando durante largo tiempo: debido a los disgustos que me ocasionaba, había decidido que lo mejor era deshacerme de ella, porque ya no significaba nada para mí, solo me daba problemas. Sentía que no me pertenecía. Esta convicción había ido creciendo de manera gradual hasta vencer la natural aversión a la idea de la automutilación. Sabe Dios que fue difícil tomar la decisión, pero cualquier esperanza de curación o mejoría había desaparecido por completo y para siempre; cualquier ilusión de volver a tocar el piano ya no existía, así que no veía ninguna alternativa viable.

En ese instante, la mano parecía dormida y estaba quieta. La observé y de pronto me pareció tan inocente. Luego recordé los problemas que me había dado y tomé la resolución: «Está decidido, no le daré más vueltas al asunto, debo cortarla». A sabiendas de que la mano parecía poseer pensamiento propio, además de movimiento autónomo, y para no darle ocasión de que se defendiera, tomé un cuchillo grande de cortar carne y procedí sin pensarlo dos veces. Cuando intenté cortarla, cobró vida de nuevo y se resistió cuanto pudo, me golpeaba la cara y me tiraba cosas. Después de mucho batallar, lo logré.

El dolor era terrible, pero ya estaba hecho, no había marcha atrás. Envolví el muñón con una toalla mientras me preparaba para ir a urgencias. Al ir a por el abrigo, porque hacía frío fuera, al perchero de la habitación, observé un cuadro inenarrable. ¡Sobre la cama yacía el cuerpo sin vida de mi esposa! Entonces comprendí que durante un estado de ensoñación anterior, en el que yo me hallaba bajo el efecto de los hipnóticos, la mano extraña la había matado, probablemente estrangulado. Finalmente, se había vengado. La vista de su cuerpo me recordaba que ella no volvería a estar conmigo nunca.

LA TUMBA DE CAGLIOSTRO

El médico, alquimista y ocultista, Giuseppe Balsamo, más conocido como el conde de Cagliostro, fue condenado a muerte por la inquisición, sentencia que luego fue cambiada a prisión de por vida, por el papa Pio VI. Pasó sus últimos días en la fortaleza Rocca di San Leo. Antes de morir, maldijo al que se atreviera a importunar sus restos mortales, los cuales, debido a que su nombre se asociaba a las ciencias ocultas y era considerado un hereje, fueron sepultados en tierra no consagrada. Muchos años después de su muerte, un soldado se atrevió a desenterrar los restos del mago. Mientras el militar jugaba y se mofaba de su calavera, la cual sostenía en sus manos, una bala perdida le atravesó el corazón. Posteriormente, cuando Napoleón tomó la fortaleza, liberó a los presos del papado que allí purgaban sus penas. Luego de liberar a los reclusos, Napoleón solicitó presentar sus respetos frente a la tumba de Cagliostro, pero la misma no pudo ser encontrada.

LA TEORÍA

Después de mucho investigar acerca del sueño y el proceso de dormir, he llegado a la conclusión de que, cuando una persona duerme, otra en algún lugar de la tierra se levanta y, cuando esta última se duerme, otra más se despierta. De manera que nunca estamos todos despiertos o dormidos al mismo tiempo. Si todos estuviéramos dormidos a la vez, nadie podría despertarse y el mundo acabaría.

LA FUENTE

Mientras viajaba por el Caribe en un viaje de placer, me encontré caminando por el Viejo San Juan de la capital de Puerto Rico. El país está formado por un archipiélago que consta de una isla mayor y varias islas más pequeñas, su denominación oficial es Estado Libre Asociado de Puerto Rico. Es un territorio no incorporado a los Estados Unidos de América. Fue colonia española desde la conquista hasta la guerra hispanoestadounidense, ocasión en que se separó de España y se acercó a la unión de estados del norte. Con vista hacia el imponente mar Caribe que le sirve como marco, el Viejo San Juan es el centro histórico de la ciudad del mismo nombre. Está compuesto por casas de estilo hispánico que datan, en su mayoría, de los siglos xvi y xvii, y en las que se puede apreciar la particular arquitectura de la época. En él se encuentran lugares históricos, museos, tiendas, bares y restaurantes, que son una atracción para los turistas que visitan esta localidad. El país, igual que otras islas caribeñas, goza de un clima tropical, cálido y húmedo. Ese día, en particular, había sido bastante caluroso, como la mayoría desde que estaba allí. Por la noche, la suave brisa marina refrescaba un poco el ambiente, abrazado durante el día por el candente sol tropical.

La particular arquitectura de la ciudad y la melancólica atmósfera que la rodea durante la noche hace que el visitante se trasporte a otra época, un periodo en el tiempo en que la imperial España cobijaba con su manto poderoso estas tierras añosas y crepusculares.

Después de caminar largo rato por las callejuelas adoquinadas de la ciudad, al amparo de la luna y la tenue luz de los faroles que iluminan con su luz dorada la noche boricua, entré en un bar, no recuerdo su nombre. Este se hallaba improvisado en una estancia que en otra época había sido, con seguridad, una casa de habitaciones. La construcción, una vivienda de esquina de típico estilo español colonial, constaba de dos pisos, en el primero de ellos se encontraba el bar en mención. Se accedía al interior por tres puertas abiertas, adornadas en la parte superior por dinteles semicirculares y pintadas con el típico color café Viejo San Juan, que es característico y obligatorio en las puertas de la localidad. La entrada principal estaba flanqueada por dos faroles antiguos de color negro, testigos mudos del paso de múltiples clientes ocasionales y asiduos. Entré en el lugar con la inseguridad típica de quien visita un sitio por primera vez, tomé asiento en la barra y, acto seguido, pedí un trago de whisky. El bar era un salón grande, no muy espacioso, como era de esperarse en un local que no había sido diseñado con ese propósito. En el centro sobresalía la barra atiborrada de botellas de licores variados, bordeada por sillas altas giratorias. Alrededor de esta estaban situadas las mesas, cada una con cuatro sillas de menor tamaño y un patio en el que se habían improvisado varias para los fumadores; que a su vez colindaba con dos servicios sanitarios que tenían rótulos en los que se podía leer: «Ellos» y «Ellas».

Luego de tomar algunos tragos y calmada mi sed, me hallé escuchando el diálogo de dos parroquianos sentados a mi lado, los cuales parecían tan ebrios como lo estaba yo en ese momento. En cierta ocasión, la conversación versó sobre las bondades locales, su comida y su rica historia. Posteriormente, surgió un punto de discordia sobre la persona de Juan Ponce de León.

Durante mis estudios secundarios había leído acerca de él. Este había sido un conquistador español que gobernó Puerto Rico y descubrió la Florida, según se dice, cuando buscaba la fuente de la eterna juventud. Mis dos interlocutores estaban de acuerdo acerca de la llegada de este al nuevo mundo.

Juan Ponce de León nació en España en una familia pobre, aun cuando procedía de noble cuna; se adiestró en el arte de la guerra durante su mocedad y combatió contra los moros en Granada, hasta que la ambición de mayor fama y fortuna lo llevó a embarcarse hacia América con Cristóbal Colón. Se decía que había llegado en el segundo viaje del almirante en el año de 1493. El 19 de noviembre de ese año, Colón encontró una isla a la que dio el nombre de San Juan Bautista. Con el transcurso del tiempo, dieciocho años después, Juan Ponce de León, quien era uno de los acompañantes de la expedición, bautizaría la villa portuaria como Puerto Rico, apelativo con el que se la conoce en la actualidad.

Ponce de León fue nombrado gobernador de la provincia de Higüey, donde se hizo rico por medio del comercio de la yuca. Posteriormente, exploró la isla de San Juan, de la que fue nombrado gobernador en 1509. Allí fundó el asentamiento de Caparra, actual San Juan. En 1511 fue retirado del cargo de gobernador debido a un reclamo de Diego Colón, hijo del descubridor Cristóbal Colón, quien reclamaba los derechos prometidos de su padre. A pesar de lo anterior, el rey favoreció a Ponce de León con el envío de religiosos, ganado y caballos y un escudo propio para la villa. A fin de celebrar este acontecimiento, don Juan cambió el nombre de su villa por el de Puerto Rico.

Se dice que fue allí donde Ponce de León escuchó por primera vez la leyenda indígena sobre la fuente de la eterna juventud. Esta, según la tradición local, sanaba las enfermedades y confería una perenne lozanía a quienes se bañaban en sus cristalinas aguas. Se dice que esta revelación impactó tanto a don Juan que pasó el resto de su vida en busca de semejante prodigio. En su afán, se cree que descubrió la Florida, territorio en el que se suponía que se hallaba esta maravilla. De acuerdo con la tradición judeocristiana, en el Jardín del Edén había un árbol de la vida, que fácilmente se asimilaba con una fuente que daba vida eterna, y ya que, según los conquistadores españoles, ellos habían arribado a Asia, donde se creía que se encontraba el Edén, era fácil asumir la plausibilidad de la existencia de dicho portento.

En 1513, don Juan organizó una expedición utilizando sus propios recursos, con doscientos hombres que partieron de Puerto Rico en busca de la isla de Bimini, en donde se afirmaba que existía la milagrosa fuente. Después de un mes de navegar por el traicionero mar, desembarcó con sus acompañantes en Norteamérica, él pensó que era una isla, y la llamó Pascua Florida, porque su llegada ocurrió durante la Pascua, y la vegetación de la región era abundante y florida.

En 1514 regresó a España, donde fue recibido con honores, elevado al nivel de caballero y nombrado gobernador de la Florida y Bimini, con derecho a explorar y colonizar esas tierras a nombre del Imperio español.

En 1521, dirigió una segunda expedición a la Florida, que contaba con un grupo de doscientos miembros. Entre ellos había sacerdotes y artesanos, además de cincuenta caballos y otros animales. En esta ocasión la suerte no le sonrió: en el trascurso de una batalla, sufrió una herida con una flecha envenenada en su pierna, a manos de los fieros guerreros calusa. Su muerte, aseguran los historiadores, ocurrió debido a esa herida infectada, y es de conocimiento común que su cuerpo reposa actualmente en la catedral del Viejo San Juan. Es sobre este último punto y sobre la fuente de la eterna juventud en donde surgió la discusión entre los dos sujetos de esta historia.

Los interlocutores eran dos individuos cuyo acento delataba su origen boricua. El primero era blanco, de aproximadamente cuarenta y cinco años, parcialmente calvo, de estatura media. Iba ataviado con un pantalón de tela color café de estilo burocrático y una camisa *beige* a cuadros. De su abdomen inferior sobresalía una abultada panza, digna de un banquete romano, que evidenciaba su afición por la bebida y la buena mesa. El otro, de contextura musculosa, aparentaba unos treinta y cinco, más alto, tenía la piel un tanto oscura y una incipiente barba que enmarcaba un mentón cuadrado y una quijada fuerte y musculosa, que revelaba su carácter fuerte y dominante. Vestía una camisa de manga corta blanca y vaqueros azules desteñidos, tenía facha de pertenecer a la clase trabajadora. El primero parecía tener ínfulas de conocedor, de esos que creen saber cada detalle de cada tema posible. El otro, más impulsivo, se sentía con derecho a disputar con cualquiera.

—Esa opinión de que Ponce de León dedicó buena parte de su vida a buscar la fuente de la eterna juventud no es más que un embuste. Una manera de romantizar la historia. Mira, aunque es posible que escuchara la leyenda, eso se lo inventaron después para hacerle creer a la gente que el hombre estaba loco —dijo el primer interlocutor mientras se sacudía la nariz enrojecida por efecto del alcohol.

Entre tanto, el sujeto alto expuso con un acento que denotaba el efecto de una buena cantidad de ron:

—Mira, mi hermano, si todo el mundo sabe que él descubrió la Florida en busca de la fuente esa. Él escuchó de la fuente, mientras estaba aquí en Puerto Rico, de los indios. Entusiasmado por la imaginación se embarcó en la tarea de ir a buscarla, allí fue cuando descubrió la Florida, imagínate tú. El hombre quería ser eternamente joven, y dime quién no quiere vivir para siempre. Ve y pregúntale a los que se están muriendo en el hospital, ninguno te va a decir que se quiere morir, mano. En cuanto escuchó hablar de la fuente, se fue *palla*.

El otro, cuyos ojos vidriosos mostraban que su estado no era menos etílico que el de su compañero, exclamó:

—No, para nada, eso no es cierto. Te lo digo yo, que he estudiado en la *universidá*. —Al expresar esto se señaló el pecho e hizo un gesto con su boca que daba énfasis a sus palabras.

De pronto el alto se volvió hacia mí y me dijo:

—¡Ay, bendito! Este hombre está *engañao*, cree que solo porque estudió en la *universidá* lo sabe todo. Si aquí eso es algo que todo el mundo sabe.

Durante la conversación, otro de los presentes, que estaba al lado de los dos beodos antes mencionados, observaba a los interlocutores y, si bien no manifestaba nada, se veía en su semblante que escuchaba con atención la discusión. Este era de estatura media, tenía barba cerrada y canosa, nariz afilada, que denotaba determinación, ojos grandes, profundos y negros; lucía una apariencia cansada y vestía de manera un tanto anticuada. Había algo en su porte que le daba un aspecto de dignidad homérica, como si fuera un personaje de novela salido por casualidad para aventurarse fuera de su espacio. Aunque se veía a simple vista que era mayor, a juzgar por su barba gris, no podría adivinarse fácilmente su edad. Después de seguir con atención la conversación de los dos individuos locales, en sus descripciones de las aventuras del conquistador, se dirigió a los que discutían al tiempo que decía con un acento español característico, que denotaba su origen peninsular:

—Perdonad que os interrumpa, caballeros, pero ya hace un buen rato que os escucho discutir y la fuerza de la costumbre me permite ser entrometido con vosotros. Ya me diréis si soy inoportuno, por favor, solo hacédmelo saber.

Ambos hicieron un gesto con sus manos en señal de que la intervención del extraño no era mal venida. Entonces continuó:

—Yo sé de buena causa que Juan Ponce de León sí se dedicó a buscar la fuente de la eterna juventud, tanto es así que he de aseguraros que un día la encontró.

El hombre bajo frunció el ceño en señal de extrañeza y dijo:

—¿Cómo va a ser eso? Si está enterrado aquí, en la catedral del Viejo San Juan —protestó.

Sin inmutarse el forastero continuó:

—El cuerpo que se encuentra en la catedral, al que hacéis referencia vosotros, es el de otro español, un soldado que viajaba con él y murió debido a una herida de guerra que se infectó. Lo sepultaron en el lugar que ahora erróneamente atribuís a don Juan. Los dos se lo quedaron mirando incrédulos, como diciendo: «¿De qué estará hablando este cabrón?». Y volvieron a sus tragos con la impresión de que el forastero quería tomarles el pelo. Pero, al parecer, ambos convenían en que no era bueno discutir con los turistas, así que se mantuvieron callados por un momento y volvieron a arrellanarse en sus butacas.

—*Pérate*, mi pana, déjame pedir otro palo[2] —dijo el tipo alto haciendo un gesto al cantinero. Sin esperar a recibir sus respectivas bebidas, ambos continuaron con su discusión como si nada hubiera pasado, tal cual si el turista hispano no hubiera estado allí, ni hubiera hecho tan fantásticas declaraciones.

Luego de seguir la conversación por unos instantes, se levantó con lentitud de su asiento, con la apariencia de alguien mayor que está cansado de la vida y de las discusiones y se marchó. Al ver esto me invadió la curiosidad por lo que recién había escuchado y por el extraño visitante que lo declaró, así que decidí seguirlo. Después de persistir detrás de él por un rato, a través del laberíntico centro de San Juan, lo cual no fue difícil

---

[2] 'Trago'

dado que el lóbrego individuo no caminaba rápido, lo alcancé en una esquina desolada. Cuando estuve a su lado, le pregunté:

—Mire, disculpe la pregunta, pero lo que ha dicho usted en el bar hace un momento me ha intrigado mucho, he leído un poco de historia y no había escuchado algo parecido. Dígame, por favor, cómo sabe usted que Ponce de León encontró la fuente de la eterna juventud.

El ibérico me miró, sin prisa, como quien despierta de un largo sueño, esbozando una sonrisa entre sarcástica y melancólica.

—En verdad es muy simple —dijo con seriedad mientras la luz de un farol le iluminaba el rostro y dibujaba una sombra sobre sus facciones, y su cuerpo sobre el piso—, yo soy Juan Ponce de León.

Después de manifestar esto, se marchó por un callejón solitario sin esperar respuesta alguna de mi parte. Me quedé de una pieza, incrédulo, por lo que acababa de escuchar. Mi vista lo siguió hasta que su triste figura se perdió en la penumbra de la noche.

LA BALLENA

Soñé que estaba en el mar y viajaba sobre el dorso de una ballena. Mientras esta navegaba, las olas desprendían agua y espuma que me bañaba el cuerpo. Cuando desperté, toda mi habitación, incluida mi cama, estaban mojadas con agua salobre.

ESQUIZOFRENIA = MENTE DIVIDIDA

Después de que te fuiste, encontré mi mente hecha pedazos sobre la alfombra, junté con cuidado uno a uno, cada pedazo, y luego los tiré en el basurero.

UN DÍA SIN VIDA

Podía sentir las gotas de lluvia sobre su rostro, una lluvia ligera como pequeñas agujas que se clavaban en su piel. Parada debajo de un farol, en la misma esquina solitaria que tantas veces la había visto pasar. Los adoquines húmedos reflejaban la luz amarillenta de las lámparas y le daban un aire de tristeza o nostalgia a la angosta calle. Las puertas y ventanas de todos los edificios, principalmente negocios, estaban cerradas a esa hora. La mayoría de las personas debían estar en sus casas, probablemente acababan de cenar y se disponían a ver la televisión, estarían junto a sus familias o se dispondrían a dormir. Los carros, al cruzar por enfrente, le enviaban nubes de humo que luego se desvanecían en el aire. A su lado pasó un busito de modelo muy viejo, que desprendió una cantidad de humo suficiente para ahogar un batallón.

—¡Cabrón!, lástima que permitan que esas chatarras ambulantes sigan circulando. Si no fuera porque sus dueños pagan «mordidas» a la Policía de tránsito, ya estarían fuera de circulación.

Algunos curiosos se asomaban por la ventana de los carros, la miraban de pies a cabeza, para luego marcharse sin detenerse.

Este no era su mejor día, era un martes: «Martes no te cases ni te embarques», dice el adagio popular. A pesar de la lluvia, hacía calor, un calor que se filtraba en medio de sus medias de licra y hacía sudar sus partes íntimas.

«Si tan solo apareciera un cliente —pensó—, los días de la semana son los peores, pocos carros, pocos visitantes, poco dinero».

Ella sabía que era hermosa, no muchas tenían sus atributos, al menos no dentro de su oficio. Sus labios gruesos denotaban un espíritu lascivo, sus piernas largas y depiladas parecían dos columnas que sostenían unas nalgas menudas pero bien formadas. Su cintura, tan familiar al abrazo de tantos hombres, no excedía de veinticuatro pulgadas. Se había hecho una cirugía con el fin de aumentar sus senos, que ahora se asemejaban a dos mangos maduros, que luchaban por escapar de su escote. Llevaba puesta medias blancas, zapatos negros altos de tacón fino, unos pantalones cortos oscuros y una blusa blanca; lucía un cabello largo, lacio y rubio, perfectamente cuidado. Con su metro, setenta y cinco centímetros de altura, más lo que le añadían los tacones, se hacía notar al caminar por la calle.

Todo sería perfecto si no fuera porque nació en el cuerpo equivocado. Ella siempre había sabido que era una mujer, pero su cuerpo era el de un hombre, una pequeña tragedia para los demás, una muy grande para sí misma. Desde que era una niña, su madre se había empeñado en que vistiera ropas de varón. Sin embargo, para los demás niños y adultos era evidente su singularidad. Se burlaban diciéndole epítetos vulgares y ofensivos, lloraba por las noches sin saber qué hacer, no deseaba volver a la escuela, pero sus padres la obligaban. Le parecía que se trataba de una pesadilla que algún día tendría que terminar, y tarde o temprano despertaría viéndose en el espejo como lo que era en realidad: una mujer completa; no obstante, al despertar por la mañana no era así, la vida se había encargado de jugarle una mala pasada.

De niña se vestía con las prendas y los zapatos de su madre, se pintaba los labios —su color preferido era el rojo— y soñaba que era una mujer, aunque esto lo hacía a escondidas, cuando sus padres no estaban en casa, pues temía que si la veían vestida así la castigarían. Ellos discutían acerca de su «particularidad», ella los había escuchado mientras hablaban.

—Tú crees que es gay —le había dicho su madre a su padre.

—Espero que no, sería lo peor que podría pasarnos. Preferiría haber tenido un hijo muerto —había manifestado él.

Los hombres le decían frases burlonas en la calle, incluso en ocasiones en las que iba acompañada de su madre era común que le expresaran irónicamente a esta: «Adiós, suegra».

Cuando otros adolescentes comenzaron a tener sus primeras aventuras amorosas, ella se escapaba de su casa por las noches en busca de relaciones sexuales con hombres desconocidos, los que al verla en su atuendo femenino se sentían seducidos y se acercaban para tener intercambio sexual. Más tarde comenzó a tomar hormonas femeninas con el propósito de acentuar sus características de mujer, se dejó crecer el cabello y compró ropa de mujer.

Su padre la echó de casa al descubrirla. No toleraría un

culero en su familia, le dijo, no permitiría que manchara su buen nombre. En su familia nunca había habido un escándalo similar, y mil y una razones más; pero nadie pensó que ella no había pedido nacer así, que vivía una pesadilla de la que jamás podría despertar. En este país ser mujer transgénero es el peor delito que se pueda cometer, es más aceptable para la sociedad un ladrón común, como los muchos que hay en el Gobierno, que un transgénero. Así que nunca tuvo más opción que la del trabajo sexual, noche tras noche en una avenida enfrente de un farol, donde llegaban los amantes anónimos en busca de placer. Ellos podían, sin embargo, volver después a sus trabajos normales, con sus familias y con sus hijos, ya que la mayoría de los asiduos eran casados; ella, en cambio, no podía salir de esta vida tan fácilmente.

Si alguna vez amó a alguien, fue rechazada o se unió a hombres que se aprovechaban para obtener dinero a su costa. Los rufianes abundaban en las calles, en donde buscaban a alguna incauta que los mantuviera sin trabajar a cambio de un poco de amor, amor pagado, ¡como si se pudiera comprar el amor! Ella lo que vendía era sexo y era consciente de ello, pero no amor. «Solamente lo que es barato se puede comprar con dinero, no lo que realmente importa», pensaba. En una ocasión, en el bar que frecuentaba por la noche, escuchó a su amante burlarse de ella frente a un grupo de hombres, narrándoles acontecimiento íntimos, mientras estos se reían, lo que la hirió profundamente. Juró no volver a enamorarse de nadie a menos que esa persona realmente la correspondiera.

A veces imaginaba cómo hubiera sido todo si su vida hubiera tomado un rumbo diferente, quién sabe si a estas horas estaría en su casa con su familia. Mas ahora, las mismas callejuelas todas las noches, pararse en la misma acera a esperar a que venga un cliente, algún borracho de ocasión, un taxista o, en el mejor de los casos, un extranjero de esos que pagan bien. «El color verde de los dólares es el más hermoso», se dijo esbozando una leve sonrisa. Luego el sexo en un hotel de mala muerte, con un desconocido al que probablemente no volvería a ver; las sábanas grasientas de sudor, porque no las cambian entre un usuario y otro; la intimidad expuesta, preguntarles qué es lo que quieren hacer, hacerlo y complacerlos. Gordos, delgados, altos, bajos, había visto todos los tipos posibles. Con el tiempo había aprendido a adivinar sus gustos, aunque siempre existía la posibilidad de encontrar alguno con necesidades fuera de lo común: hubo uno que le pidió que cagara en su cara, no obstante, esos eran muy inusuales. Los peores eran los agresivos: la habían golpeado en más de una ocasión, pero, gracias a Dios, la cosa no había ido a más, puesto que no tenía a quién recurrir en casos graves; los policías, en vez de protegerlas, se aprovechaban, exigiendo un polvo gratis o hacían la vista gorda ante los abusos cometidos. Los gendarmes justificaban estas actuaciones, apelando a que ellas se lo habían buscado por ser mujeres transgénero y por andar en la calle a altas horas de la noche.

Después de cada jornada regresaba a su habitación desordenada, porque no tenía tiempo para estas tareas, y generalmente comía algo antes de acostarse. El amanecer le resultaba desagradable sin haber dormido toda la noche. Al día siguiente, se levantaba con resaca como si hubiera bebido la noche anterior, y comenzaba de nuevo el mismo ciclo, un círculo infernal del cual no podía escapar. ¿Pero qué otra opción tenía? Para las chicas de su condición encontrar un trabajo decente era una quimera. Nadie en su sano juicio le daría trabajo a una mujer transgénero. Según decían, las empresas buscaban empleados heterosexuales, algo que no se mostraba abiertamente; sin embargo, estaba implícito en los anuncios de trabajo: «Se busca empleado(a). Género: masculino o femenino». Nunca aparecía homosexual o transgénero. Si se daban cuenta de que el aspirante podía serlo, lo desechaban de inmediato. Ella no podía esconderse bajo una falsa apariencia de masculinidad y llevar una doble vida tal y como hacían otros, debido a su apariencia extremadamente femenina. Así que nadie le daría trabajo, como si ser transgénero fuera una plaga que se les fuera a pegar únicamente con mirarlos.

Daniel era un cliente de los muchos que atendía diariamente. Un hombre bien vestido, serio, de unos treinta años, que una vez apareció en su auto, un Toyota Corolla color rojo. Se detuvo junto a la acera y, luego de acordar un precio, la invitó a subir.

Las luces de los faroles y de los otros carros, que pasaban rápidamente frente a ella, se acercaban y luego se alejaban, se veían irreales a través de los vidrios polarizados. A su mente vinieron innumerables viajes similares al de esa vez, el desnudarse con prisa, las sábanas sudadas de los hoteles, el sexo anónimo, los preservativos tirados en el piso.

Mientras se dirigían a su destino, un hotel que frecuentaba con sus clientes, comenzó a tocarle las piernas. Al llegar al estacionamiento, notó que él estaba un poco nervioso, así que le preguntó:

—¿Es tu primera vez con una chica trans?

—Sí, a decir verdad, es la primera vez —confesó, forzando una sonrisa nerviosa. Ella había aprendido a reconocer a los clientes primerizos de los que no lo eran por medio de la experiencia.

—No te preocupes, amor, soy tranquila, ya vas a ver.

La habitación era de tamaño reducido, de apariencia bastante vieja y descuidada, como era de esperarse en un hotel de paso; las paredes lucían sucias y descoloridas; el piso antiguo carecía de brillo. Contaba con una cama matrimonial, un baño, una pequeña mesa sobre la que había un espejo y una silla. En la ventana de celosías había una cortina vieja, color naranja, que desentonaba con el verde pálido de las paredes. Se quitaron la ropa deprisa, él se desnudó por completo, colocó sus prendas sobre la mesa y le dio el precio acordado. Ella solamente se quitó las bragas y los zapatos. Cuando terminaron, ella se lavó sus partes íntimas y él se bañó; se vistieron y la dejó en el mismo lugar donde la encontró. Antes de despedirse de su cliente, le preguntó:

—¿Te gustó?

—Sí, me gustó mucho. A ver cuándo nos volvemos a encontrar.

—Cuando quieras, amor, estoy siempre aquí, en este sitio.

Lo dijo con sinceridad, la verdad es que le había gustado mucho aquel hombre. Se percibía fácilmente que no era similar a la mayoría de sus clientes, había en él algo de pudor, de vulnerabilidad que le gustaba, la trataba con consideración. Pronto se convirtió en habitual, ella reconocía su auto de lejos apenas se acercaba por la calle solitaria en donde ofrecía sus servicios. Con la asiduidad llegó la atracción mutua, ella se daba cuenta de que no le mentía cuando le decía que la amaba. Él le confió que tenía una esposa y dos hijos, pero la relación entre ellos se había deteriorado después del advenimiento de los niños, estaban separados y a punto de divorciarse. Siempre había sentido atracción por las chicas transgénero; no obstante, debido al rechazo social, no se había atrevido a tener sexo con ninguna hasta el día en que la vio parada en su lugar habitual, desde entonces se había dado cuenta de que prefería estar con ella que con una mujer de nacimiento. Él le había ayudado con parte del dinero para hacerse el aumento de senos y le llevaba regalos todas las noches. Ella pensó en lo mucho que había cambiado, antes se drogaba para olvidarse de su miseria, ahora se sentía feliz. Hasta habían hablado de irse a vivir a los Estados Unidos juntos, ya que él no se atrevía a vivir públicamente su amor en el país debido al terrible estigma existente sobre la diversidad sexual. Ella reflexionó que, a lo mejor, estas serían sus últimas noches en la calle, pronto no necesitaría vender su cuerpo para obtener dinero. Estaba ahorrando con el fin de irse a los Estados Unidos, allí vivirían su amor sin importarles lo que dijeran los demás.

Entretanto, dejaba volar su imaginación. Un día, por la calle, apareció un vehículo negro, un modelo japonés algo viejo, tenía varios golpes sin reparar en la carrocería. En su interior reconoció a dos hombres en los asientos delanteros. No eran clientes habituales, estos generalmente llegan solos, no acompañados; quizá se habían equivocado de lugar o únicamente deseaban curiosear. El carro aminoró la velocidad y se detuvo, ambos hombres la observaron, y el que iba del lado del pasajero, un tipo trigueño con el cabello muy corto, bajó el vidrio de la ventana y preguntó:

—¿Cuánto cobras por un rato de placer? Ella se acercó a la ventana del auto.

—Depende de lo que quieran, oral, anal, completo… ¿Solo con uno o los dos?

Los hombres no contestaron a su pregunta.

—Eres trans, ¿verdad?

—Sí, soy chica transgénero y cobro… No sé si te molesta. Si es así, puedes ir a dos cuadras de aquí, allí encontrarás mujeres —respondió señalando con su mano hacia el cruce que se encontraba a la derecha.

El hombre no contestó. Ambos se miraron entre sí, mientras que el que iba al lado del pasajero sacó un revólver y, de inmediato, le disparó dos balas a quemarropa: una le dio en el pecho al lado del corazón; la otra, en el estómago. Ella sintió el calor que le abrasaba el pecho y el abdomen, un dolor inmenso como no había sentido nunca antes, y vio su cuerpo caer sobre el pavimento como si se moviera a cámara lenta. El frío húmedo del suelo golpeó su rostro. El auto salió huyendo rápido, pudo verlo alejarse calle abajo y desaparecer mientras viraba por la esquina a la izquierda. Nadie vendría a socorrerla. A la sociedad no le importaría su muerte. Mañana solo sería una estadística más.

LOS ESCRITORES

Un escritor escribe una novela sobre un escritor que a su vez está escribiendo otra novela. Todo sigue normalmente hasta que se da cuenta de que el personaje de su novela está describiendo su vida, tal como ha acontecido, desde su infancia hasta su edad madura. Por lo que el escritor tiene temor de terminar su novela, ya que se percata de que, al finalizarla, su personaje concluirá la suya, y con ello él morirá.

LA ESPERA

Cuando se marchó, su marido le prometió que regresaría algún día. Por eso la mujer pasaba la mayor parte del tiempo sentada en la entrada de su casa. Cuando alguien le preguntaba qué hacía, respondía que esperaba a su amado, que había prometido regresar. Los años pasaron y nunca regresó. La mujer, que una vez fue joven, se convirtió en una anciana. Hasta que llegó un momento en el que olvidó qué esperaba y solo se sentaba a esperar, ya que era lo que había hecho siempre.

LA ESCUADRA Y EL COMPÁS

Los homicidios han sido la fuente de inspiración literaria de muchos relatos del pasado y del presente. Dejando a un lado lo desagradable que el hecho mismo de la muerte en sí representa para cualquier ser humano con sensibilidad, la resolución del acto delictivo plantea un asunto de notable interés para los lectores y para nuestro sentido de prevalencia de la justicia a la que aspiramos. El caso que se presenta a continuación es un ejemplo en el que el razonamiento analítico ha servido para encontrar la solución de una situación que mostraba complicaciones fuera de lo común.

En el escritorio en casa del abogado Marco Salieri se encontró una escuadra y un compás, colocados sobre un libro abierto que versaba sobre la masonería: *The history of freemasonry; its legendary origins*[3] de Albert Gallatin

---

[3] 'La historia de la francmasonería; sus orígenes legendarios'.

Mackey. El libro estaba abierto en la página cuatrocientos doce, «*Chapter XLII: The legend of Hiram Abif*»[4] y fue aparentemente lo último que estuvo leyendo antes de ser asesinado. El jurista era miembro de la logia masónica, por lo que no era nada extraño que estuviera leyendo acerca del tema. Sin embargo, lo insólito fue que dejara la escuadra y el compás encima del libro.

El abogado era, además de una persona respetable de la comunidad y un hombre de considerable peculio, una persona honesta sin enemigos conocidos, así que no se podía adivinar sin dificultad un móvil razonable para su asesinato.

Un acontecimiento tan deplorable llamó la atención de los medios de comunicación y de la sociedad en general. En un medio de prensa apareció el siguiente titular: «Crimen en la logia masónica. Se sospecha que masones asesinaron a uno de sus pares». En la nota se establecía que el occiso había sido visto por última vez junto a tres de los miembros de la logia a la que pertenecía, de manera que era plausible que estos estuvieran involucrados en su muerte. Otro medio, quizás de manera más sensacionalista, reportó: «Conspiración masónica. Asesinato en la masonería podría estar ligado a violación del secreto masónico». En el artículo, el redactor establecía la hipótesis de que el crimen habría estado motivado por el intento, de parte del fallecido, de revelar secretos de la masonería y que los miembros de esta habrían actuado con el fin de evitar que los mismos fueran revelados. Esto trajo a la memoria el caso de William Morgan, un miembro de

---

[4] 'Capitulo XLII: La leyenda de Hiram abif'

la masonería de Nueva York, que en 1826 desapareció y presuntamente fue asesinado después de que anunciara su intención de revelar todos los secretos de la organización, en detalle, en un libro en el que, además, criticaría a la misma. Se cree que Morgan fue secuestrado y posteriormente asesinado por enardecidos miembros de la asociación, puesto que nunca apareció de nuevo, ni su cuerpo fue encontrado. El supuesto homicidio provocó una reacción antimasónica en toda la unión americana, que hizo disminuir dramáticamente el número de miembros y de logias en todo el país.

Para la investigación del suceso, la Policía designó a Mauricio García. Este era un oficial del Departamento de Homicidios, que había intervenido como inspector en muchos crímenes con anterioridad, mas ninguno incluía los matices encontrados en el presente caso.

Después de interrogar a las personas que lo vieron en su último día con vida, el oficial Mauricio García decidió consultar el caso con el doctor Antón Greco, profesor especialista en psicología forense que colaboraba con la Policía en casos complicados o con víctimas de alto perfil. Ambos habían participado anteriormente en varias investigaciones, que resolvieron de manera satisfactoria. El investigador miró su reloj de pulsera para verificar la hora. El profesor estaba disponible usualmente después de las doce del mediodía, ya que tenía la costumbre de dormir por las mañanas y trabajar durante la tarde y la noche. Tomó su teléfono y llamó a su oficina.

—¿Cómo está, profesor?

—Muy bien, mi estimado amigo. ¿Qué puedo hacer por usted?

El doctor Greco se encontraba en ese momento

sentado en su silla, frente a su escritorio, fumando un puro como acostumbraba a hacerlo después del almuerzo y en cualquier ocasión que le diera la excusa para disfrutar de este hábito inveterado.

—Tenemos un caso que podría ser de su interés. Me gustaría explicarle la información pertinente para ver qué opinión le merece.

—Por su tono de voz, deduzco que el caso debe tener características bastante peculiares.

—No se equivoca, así es, es uno de los casos más extraños que he investigado desde que tengo memoria. Comenzaré por narrarle los hechos tal cual sucedieron, sin omitir nada.

—Claro que sí, soy todo oídos.

El profesor Greco se dispuso a escuchar lo que el inspector tenía que decirle.

A continuación, Mauricio García trató de describir los hechos con la mayor objetividad posible. Se había asesinado a un prominente abogado, que a la vez era miembro de la francmasonería, precisamente después de su salida de una de las reuniones de dicho grupo por la noche. Le habían visto con vida mientras abandonaba la logia junto con tres de sus compañeros. Era, por tanto, probable que su muerte estuviera ligada con su implicación en la colectividad. El oficial no tenía mucho conocimiento acerca de esta sociedad secreta. Había leído en algún lugar que estaba unida con la Revolución francesa y con las revoluciones independentistas de muchos países latinoamericanos, pero ignoraba con exactitud a qué se dedicaban sus miembros cuando se reunían.

Dos semanas antes del asesinato, había muerto otro miembro de la misma logia, Gustavo Gracián, no obstante, en este caso la muerte había sucedido por causas naturales, presumiblemente debido a un infarto. El señor Gracián tenía setenta y ocho años, lo que hacía plausible esa conclusión, mas no podía descartarse el homicidio, pues no se había verificado aún en la autopsia.

El capítulo del libro que estaba leyendo el señor Salieri hacía referencia a un personaje que aparecía en la Biblia, Iram Abif. Este fue, según pudo investigar, un precursor de la masonería que fue asesinado por tres de sus subalternos por no haber querido revelar los secretos que poseía. Había una similitud entre la muerte del personaje y la del occiso; cuando este último fue asesinado, los últimos en verlo con vida fueron tres de sus subalternos dentro de la logia, ya que él era el gran maestre de la misma. La escuadra y el compás son los símbolos principales de la organización, el hecho de que se encontraran encima del libro podría indicar que la víctima deseaba comunicar algún mensaje a través de ellos.

En la casa del abogado vivían dos personas: su esposa Silvia y su mayordomo Abner Rojas, quien llevaba varios años a su servicio. También tenía una mucama que trabajaba durante el día y se marchaba por la noche. Tanto la señora como el sirviente confirmaron la misma versión: el abogado se fue a las seis y media de la tarde, con rumbo a la logia, como lo hacía todos los viernes, no supieron de él hasta que el inspector les comunicó la infausta noticia. Ambos no se habían movido en toda la noche de la casa ni habían recibido ninguna llamada. Su esposa salió temprano, a pie, dado que solo tenían un auto, y ella no podía conducir, pero hacia las cinco de la tarde ya había regresado. Por la noche se tomó un somnífero y a las nueve de la noche ya estaba dormida. El mayordomo se había acostado a las once.

El oficial se tropezó con varios problemas al indagar a los tres miembros de la logia que lo habían visto antes de su deceso, estos se negaron a dar cualquier información referente a las actividades llevadas a cabo en la reunión de esa noche, bajo el pretexto de que un voto de silencio les impedía hablar de la misma. Únicamente corroboraron que habían salido junto con el señor Salieri, aproximadamente a las nueve y diez de la noche, caminando hacia sus respectivos automóviles, que estaban estacionados a cuadra y media del lugar. Luego todos se habían despedido y cada uno tomó rumbo hacia sus respectivas residencias. Encontraron al abogado en un paraje lejano, a cinco kilómetros en las afueras de la ciudad, muerto y sobre la calle en un emplazamiento solitario, así que no había testigos de su asesinato. Se desconocía por qué se había desviado varios kilómetros de su trayecto habitual. Su cuerpo presentaba una herida en el costado derecho y otra herida profunda que corría desde su oreja derecha hacia la izquierda, ambas realizadas con un objeto corto punzante. Sobre el sitio del ataque se encontró una gran cantidad de sangre sobre el suelo. El cuerpo fue hallado a las diez de la noche por dos hombres que habían estado bebiendo toda la noche y que pasaban por casualidad por el sector. A la diez y media de la noche, el cuerpo se llevó a la morgue de la Policía y, puesto que aún llevaba sus documentos personales, se pudo identificar y se procedió a llamar a su casa, en donde contestó el teléfono su señora, la que reaccionó alarmada, como cabría esperar, ante una situación semejante.

Se investigó la coartada de los tres cofrades: Enrique Fuentes, quien era ingeniero y vivía con su mujer e hijos. Esta confirmó que llegó a su hogar a las nueve y cuarenta y cinco de la noche, según su costumbre habitual. Álvaro Medina vivía solo y no pudo proporcionar el nombre de ningún testigo ocular de su versión. Se sabía que en el pasado había tenido una controversia con el difunto, pero afirmó que todo se había aclarado ya y que no había ningún sentimiento negativo entre ambos. Eduardo Casal declaró que se detuvo en una tienda de conveniencia para tomarse una cerveza y por eso había llegado un poco tarde a su apartamento, alrededor de la diez y media. No había testigos que apoyaran su versión.

El doctor Greco fumaba su puro mientras escuchaba, el humo se esparcía lentamente por el aire, formando un tenue manto gris que opacaba la vista de los objetos que lo rodeaban. Su mente repasó los datos que acababa de escuchar del inspector.

—Me parece un caso interesante con matices muy fuera de lo común. Me gustaría proceder lo más pronto posible.

Se llevó la mano izquierda hacia la barbilla.

—Será un placer contar con su ayuda, doctor —dijo el inspector—. Nos parece sospechoso que los miembros de la logia se nieguen a dar explicaciones sobre sus actividades durante la reunión de aquella noche. Como el crimen parece estar ligado a la misma, necesitamos la mayor información posible para dar con él o los culpables.

—Se sabe que ellos no revelan sus secretos a los profanos, mi estimado inspector. Será difícil obtener más información al respecto.

—Dos de los miembros que lo vieron por última vez no tienen una coartada verificable sobre sus acciones en el momento del crimen, y el otro depende de lo que dice su esposa. Si los tres están involucrados en el hecho y permanecen en silencio, no podremos resolver el caso, pero, si no hay una orden de detención, dependemos únicamente de su buena voluntad de colaborar con la Policía para esclarecerlo.

—Comprendo.

Al día siguiente ambos se reunieron con el fin de inquirir con mayor detalle sobre la evidencia e interrogar a los testigos. El doctor Greco se presentó puntualmente a la cita como era su costumbre. Llevaba puesto un traje gris, una corbata verde que hacía juego con el color de sus ojos, la barba de candado y el cabello bien cuidados. Al ver al oficial, lo saludó:

—¿Cómo está usted, mi estimado inspector? Veo que no durmió bien ayer pensando en el caso que nos ocupa —dijo a manera de saludo.

—Sí, la verdad es que no dormí bien ayer, precisamente pensando en el crimen —repuso—. ¿Cómo lo adivinó?

Estaba acostumbrado a las observaciones que hacía el doctor Greco. Sin embargo, nunca podía descubrir el razonamiento por el cual llegaba a sus conclusiones.

—La adivinación no tiene nada que ver con mi observación. Siempre hay un camino deductivo que nos hace descubrir la verdad de cada situación. El cansancio de la vigilia se puede derivar de las ojeras que tiene y la prisa que tuvo por levantarse sin haberse afeitado. Por otro lado, según noté, usted trae bajo su brazo el expediente del caso, lo vi entrar con él, así que venía de su casa y, por esta razón, puedo presumir que lo estuvo leyendo ayer. El exterior se ve gastado y de allí deduzco que lo leyó muchas veces.

—Una vez más, ha acertado totalmente en su apreciación.

—¿Podemos proceder hoy a interrogar a los testigos?

—De inmediato, doctor.

A continuación, se dirigieron a la sala de interrogatorios. Se había citado a todos los testigos. El doctor Antón Greco los entrevistó y les hizo firmar sus respectivas declaraciones.

Luego ordenó hacer una prueba con luminol en la ropa del mayordomo recién lavada para detectar sangre. El luminol es un compuesto químico que se ilumina ante la presencia de esta.

—¿Por qué no lo hacemos también con los tres principales sospechosos? —preguntó el inspector.

—Creo que ahorraremos tiempo haciéndolo de esta manera

—contestó el doctor.

Después de lograr la autorización judicial para llevar a cabo la prueba, se corroboró que en la ropa del mayordomo había grandes manchas de sangre, que se habían lavado con el propósito de ocultarlas. El señor Rojas no pudo dar una explicación satisfactoria acerca de cómo había llegado tal cantidad de sangre a su indumentaria.

Acto seguido, el profesor Greco indicó que debían detener al mayordomo y a la esposa del señor Salieri como autores del asesinato.

—¿Pero qué le hace pensar que ellos son los asesinos?

—Muy sencillo, entre todos los posibles sospechosos solamente el sirviente es zurdo. La herida que mató al occiso cruzaba de derecha a izquierda, indicando que el asesino tenía que ser zurdo. Por la longitud y ángulo de entrada, es obvio que lo atacó por la espalda, Sin embargo, en un inicio acometió de frente a la víctima con un puñal, ocasionándole una herida en el costado derecho. Seguramente, la víctima luchó por su vida, hasta que el agresor se situó por detrás y acabó con ella al cortarle el cuello. Me di cuenta de la lateralidad de los sospechosos mientras escribían sus declaraciones.

—¿Cómo supo que la esposa era cómplice?

—Cuando la Policía llamó a la casa para informar sobre la muerte de su esposo, contestó la señora. Según su declaración, había tomado un somnífero, así que lo lógico hubiera sido que el mayordomo respondiera y no ella. Este, según declaró, estaba despierto a la hora que llamaron por teléfono, pero no pudo contestar porque no había llegado a la residencia después de cometer el homicidio. Todo indica que ella lo estaba encubriendo.

—¿Cómo sabe esto?

—Al llevar a cabo el asesinato, su ropa se manchó con sangre, por lo que no pudo tomar el trasporte público y debió caminar hasta la casa en la oscuridad sin ser visto. Con seguridad, contó con la complicidad de la señora para ocultarlo. Además, ellos dos, los que seguramente eran amantes, plantaron la falsa evidencia. El hecho de que fueran amantes explicaría que ella estuviera dispuesta a cometer el asesinato con él y servirle de coartada. Como sabían que había muerto recientemente un miembro de la logia, quisieron hacernos creer que el móvil estaba ligado a esta sin ser cierto. Colocaron la escuadra y el compás sobre el libro con este propósito. El testimonio de ambos diciendo que habían permanecido en la residencia los incriminaba. El verdadero móvil es el deseo de ambos amantes de poder heredar la fortuna y el seguro de vida del marido de la señora que estos tienen del colegio de abogados, y así poder proseguir con su vida en común.

—¿Por qué el occiso se desvió de su trayecto habitual?

—Lo más probable es que la señora, fingiendo la voz, lo llamara ofreciéndole una información o algo que le interesara, y lo citara en el lugar del asesinato. Es muy improbable que quisieran involucrar a otra persona en el crimen, así que ella misma habría hecho la llamada. Presumiblemente, él sospechaba algo raro en la conducta de su mujer y aceptó ir, pensando que le darían información referente a esta, mas, en lugar de la mujer, se encontró con el asesino.

Después de arrestarlos, se les tomó declaración, y ambos se contradijeron en sus respectivas respuestas al incriminarse mutuamente. Ella afirmaba que era inocente, que no sabía nada y que seguramente el mayordomo había actuado por su cuenta. Este, al inicio, declaró que no había matado a nadie y, según creía, todo había sido planeado y ejecutado por la esposa. Después, al confrontarlo con la evidencia, admitió haber cometido el asesinato por órdenes de la señora, con quien mantenía una relación extramarital. Ello llevó a que por fin declararan la verdad de los hechos, que habían ocurrido tal como lo descubrió el doctor Greco.

EL VIAJE

Mientras viajaba hacia el norte de Persia para visitar a un hombre poderoso de esa tierra, llamado Omar, Samir se detuvo a descansar al lado de un río. Después del ocaso divisó una mujer muy hermosa, sin ropa, bañándose en el arroyo. Deslumbrado por su belleza, se acercó a ella. Esta al verlo no manifestó temor ni extrañeza, caminó hacia él desnuda como estaba. Él la tomó y comenzó a besarla, luego pasaron toda la noche juntos. Al despertar, ya se había ido. Samir continuó su viaje hasta que llegó a los dominios de Omar. Luego de saludarlo, le presentó a su corte y su familia. Cuando llegó el turno de conocer a la esposa del anfitrión, Fátima, Samir se dio cuenta de que esta era la misma mujer con la que había pasado la noche anterior.

EL VENTRÍLOCUO

La presentación de ventriloquía había terminado, durante ella la audiencia había reído y disfrutado como siempre las ocurrencias del muñeco, que contestaba con frases ingeniosas a lo que el ventrílocuo le decía. Después de la función, ya en el camerino, se quitó el sombrero de copa, se aflojó la corbata, luego guardó al ventrílocuo en el estuche y entonces el muñeco salió para su casa.

LA TORRE DE NIMROD

En la Biblioteca Nacional de Francia, en París, se encontró un documento cuya traducción se trascribe más abajo. El mismo es una copia realizada por un monje anónimo, a mediados del siglo xii. El documento original se ha extraviado, pero se sabe que fue escrito en lengua hebrea en un pergamino, a principios de la era común, en el Oriente Medio, específicamente en la zona de Qumrám en los alrededores del mar Muerto, y fue traído a Europa por monjes a su regreso de las cruzadas en el siglo xi. Este documento, a su vez, se cree que es copia de un escrito más antiguo, hasta ahora desconocido para los paleógrafos y eruditos. Se ignora si existe alguna relación entre este y los hallazgos de los Manuscritos del mar Muerto o Rollos de Qumrán, que fueron encontrados en once cuevas de la misma zona, entre 1947 y 1956, y que ahora se hallan en el museo de Israel en Jerusalén, el Museo Rockefeller, en el Museo

Arqueológico Jordano en Ammán y en la Biblioteca Nacional de Francia en París. Dado su similar origen geográfico, no se puede descartar esta última conjetura. Sin embargo, la vía por la que ha llegado este documento es diferente, por lo que no se puede afirmar con precisión esta relación. Lo que sí se ha confirmado es que, a juzgar por el lenguaje utilizado y otras evidencias internas del texto, los eruditos consideran que el original fue escrito entre 760 y 690 a. C. A continuación, se muestra el texto traducido al español:

Esta es la crónica de Nimrod, hijo de Cush, hijo de Cam, primer hombre poderoso que surgió en la Tierra. Fue también un gran guerrero que conquistó todos los pueblos alrededor de su reino. Unificó, bajo un solo mando, a multitudes de campesinos y a hordas de guerreros en lo que sería el Imperio babilónico, el primero en surgir sobre la Tierra. Sus dominios comprendían Babel, Erech, Accad y Calneh, en la tierra de Sinar, Nínive, Rehobot-Ir, Cálah y Resen en la tierra Asiria.

Nimrod era un hombre de gran estatura, su figura se alzaba por encima del suelo cuatro codos y un palmo, y su contextura atlética infundía temor a sus enemigos. Desde muy pequeño su carácter había sido dominante, fuerte y agresivo. Su rostro tenía facciones fuertes. Sus ojos se asemejaban a los de un águila y concordaban con una nariz aguileña no muy prominente, pero sí afilada como el pico de esa ave. Su voz era imponente, y nadie se atrevía a desobedecer sus órdenes.

La caza de animales, y también de seres humanos era una de sus diversiones preferidas, perseguirlos como si fueran fieras salvajes que luchan por su vida hasta alcanzarlos y matarlos, atravesándolos con su lanza.

Sus cuerpos inertes poblaban los campos y los bosques para el terror de quienes los contemplaban.

Como soberano absoluto, la vida y los bienes de sus súbditos y de cualquiera que habitara sus dominios estaban bajo su disposición. Su crueldad era conocida por todos los mortales. Le temían tanto sus enemigos como sus amigos, y su nombre se pronunciaba con reverencia y temor a lo largo de los valles y montañas. Era un ególatra que exigía que se le adorara como a un dios. A su vez, él veneraba a Marduk, un dios violento de Babel al que honraba con ofrendas de sangre de corderos y de machos cabríos, y de hombres de guerra. Asimismo, anheló construir una ciudad que sería la admiración de todo ser humano que habitara la Tierra en su tiempo y en las eras posteriores. Esta ciudad, Babel, tenía infinidad de estructuras y monumentos admirables, contaba con tres murallas colosales que la rodeaban y cada una con puertas enormes que daban acceso al interior a todos aquellos comerciantes, pastores y ganaderos que desearan vender o comprar en sus plazas. Por ellas desfilaban miles de ovejas, ganado, bueyes de yunta; proveedores de vino, aceite y especias; comerciantes de telas, perfumes y joyas preciosas, que venían a la gran ciudad que se alzaba sobre los montes para satisfacer la insaciable demanda de la enorme población que la habitaba. Para culminar su gloria imperial, Nimrod decidió construir una torre llamada Etemenanki, de acuerdo con una imagen que había soñado y que significaba: «El templo de la creación del cielo y de la tierra». En este sueño el dios Marduk le ordenaba erigir una torre, un zigurat en lengua babilónica, que sus hombres levantarían; Una edificación cuya cima llegaría hasta el cielo y se confundiría con las nubes, que no podría ser alcanzada por las aguas. El zigurat superaría cualquier otro construido con anterioridad y serviría para brindar culto a Marduk, dios protector de Nimrod y de su imperio. Sería la casa eterna en la que reinaría por siempre junto con las siete luces de la Tierra, y su grandeza causaría la admiración de la humanidad sin fin. Nimrod pretendía ser igual a los dioses imperecederos que se paseaban por la bóveda celeste, este habitaría perpetuamente en el panteón de los inmortales.

La construcción contó con siete niveles; en el último se situó un templo consagrado a Marduk, el dios patrono de Babel, el dragón serpiente. Se edificó con ladrillos esmaltados de color azul, cuya tonalidad se confundía con el cielo; y para que fuera impermeable al agua, los ladrillos se cocían y unían con brea.

Cuando los trabajos de construcción estaban a punto de terminar, Nimrod planeó una celebración para inaugurar su torre, escogió la fiesta del Año Nuevo, el día de la primera luna nueva después del equinoccio vernal, a finales de lo que hoy es marzo[5]. En esa fecha, los babilonios celebraban el renacimiento de la naturaleza después del periodo invernal. Paseaban a las estatuas de los dioses por las calles de la ciudad y les ofrecían rituales y donativos, y la festividad terminaba con una orgía, en la que participaban hombres y mujeres. Los babilonios asociaban el sexo con la fertilidad. En el templo de Ishtar, la diosa del sexo, las prostitutas sagradas ofrecían las cópulas como presentes. Toda mujer del reino tenía que participar al menos una vez y tener sexo con un desconocido que

---

[5] Nota del traductor.

ella escogiera. A cambio recibiría un dinero que no podía rechazar.

La celebración que había planeado Nimrod sería apoteósica. Traería a los mejores músicos de percusión, viento y cuerda. Ofrecería las mejores viandas: carne de terneros y cerdos engordados, aves exóticas, y mucho vino de la mejor calidad se derramaría sobre la multitud expectante. El ejército imperial desfilaría por las calles, que servirían de escenario. Animales salvajes procedentes de todas las latitudes de la Tierra, como leones africanos, tigres asiáticos, elefantes de la India harían las delicias de los asistentes. Una legión de bufones, enanos, acróbatas y prestidigitadores alegrarían la procesión. Los mejores jinetes cabalgarían haciendo cabriolas montados a caballo. Y la culminación de la fiesta llegaría cuando Nimrod y el sumo sacerdote entregaran la ofrenda a Marduk, entonces sería consagrado en el santuario que se encontraba en la cima de la torre; en ese momento, alcanzaría la cúspide de su poder, y Marduk le concedería la inmortalidad, que lo haría igual a los dioses.

Sin embargo, antes de celebrar la fiesta, llegó a sus reales oídos la noticia de que en el cielo conocían su codicia, pues su rebelión contra Yahveh, el creador, había sido demasiado para solo un hombre. Este, según le dijeron sus brujos y adivinos, había enviado a su ángel para acabar con su soberbia y maldad. Pero, a pesar de esto, se negó a hacer caso a los rumores, pues confiaba en el poder de su ejército y la seguridad que le brindaban las murallas de la ciudad. Además, Marduk lo protegería. Siguió con los preparativos de su celebración y, para acabar con las habladurías, hizo ejecutar en público a todos los adivinos que le habían profetizado tal desacierto.

El día tan esperado al fin llegó, miles de expectantes súbditos de su reino y visitantes observaron pasar la procesión guiada por el rey y su ejército. Todo marchó tal como se había planeado: el ejército desfiló haciendo gala de su poderío; los jinetes mostraron sus habilidades, haciendo elegantes pases con sus caballos de raza; los bufones, enanos, acróbatas y prestidigitadores divirtieron a la multitud con sus ocurrencias y trucos. Las mujeres de todas las clases sociales ansiaban tocar hasta el polvo que dejaban las huellas de los cascos de su caballo. La multitud lo aclamó como a un dios, lo que siempre había esperado. El vino y los manjares se degustaron por doquier. La multitud extasiada lo ovacionó y lo celebró con un ritmo orgiástico digno de los dioses. Sobre las aceras de las calles y en los lugares públicos, las mujeres y los hombres se entregaban a la satisfacción de sus deseos carnales sin ningún pudor. Muchos niños y adolescentes eran iniciados en el culto de Ishtar, entregando sus cuerpos núbiles a hombres y mujeres adultos ebrios de placer. ¿Quién podría compararse con Nimrod, señor que dominaba sobre toda la Tierra? ¿Quién podría negar su poderío? Sobre la Tierra no había habido alguien como él, ni lo habría en el porvenir.

Él reinaba sobre todo el mundo y su furor era temido hasta los confines del orbe.

Al llegar el clímax de esa ocasión celebérrima, Nimrod subió por la escalera de su zigurat, que alcanzaba el cielo. Arriba lo esperaba el sumo sacerdote para coronar su autoridad. Abajo una multitud expectante seguía la ceremonia con atención. Cuando llegó al séptimo nivel de su torre y la ceremonia de consagración se estaba desarrollando de acuerdo con lo previsto, se desató de improviso una tormenta, un torrencial aguacero apareció en el horizonte, con piedras de granizo enormes y truenos. Los cimientos de la edificación temblaron, pero él, soberbio como siempre aun ante los elementos de la misma naturaleza, dio orden de continuar con el ritual, a pesar de que era visible que la tormenta estaba haciendo estragos en la ciudad.

El sumo sacerdote lo intentó, según sus órdenes, mas cuando quiso continuar su voz cambió, Nimrod no entendía las palabras que decía. Todos se miraron unos a otros, y con incredulidad observaron que de sus bocas salían lenguas desconocidas.

Nimrod montó en cólera y quiso apresurar el ritual, no obstante, en ese momento apareció de la oscuridad una figura vestida de blanco, de gran estatura; su túnica llegaba hasta el suelo y dos alas espléndidas salían de su espalda.

El extraño intruso se paró enfrente de él y, con la mayor solemnidad posible, declaró con una voz que se escuchó con un trueno en medio de la noche plutónica: «Porque la multitud de tus prevaricaciones han llegado hasta el cielo, el eterno ha decidido acortar tus días sobre la Tierra. El lugar de tu tumba será en el lago de fuego, junto con los ángeles transgresores».

Al escuchar esto, Nimrod trató de atacar al ángel de Yahveh, pero un relámpago lo alcanzó mientras levantaba su lanza contra él. Su cuerpo se precipitó desde la cúspide de su hermosa torre, rebotando en cada uno de los siete niveles sucesivos de la construcción, hasta llegar finalmente al suelo. La torre, atacada por los elementos naturales, terminó cediendo a la violencia de la tormenta, y sus bases de ladrillo cocido se partieron. Los escombros que se desprendían caían encima de la multitud que aún se hallaba presenciando el espectáculo. Ríos de lodo anegaron la ciudad, causando la muerte de miles de sus habitantes. Los que no murieron por medio del granizo y los rayos, perecieron ahogados por un mar de lodo y escombros. Al día siguiente, cuando la tormenta hubo amainado, y la luz del sol descubrió los restos del desastre, el paisaje asolado mostraba las ruinas de la grandiosa ciudad de Babel. Por todo el lugar podían verse cuerpos de hombres y mujeres que habían fallecido en las más obscenas posiciones. Los buitres y otras aves de rapiña se dieron un banquete proverbial con los lúgubres restos del ejército y los habitantes, comieron hasta saciarse. Solo escombros quedaron de la maravillosa torre de Nimrod. Su cuerpo, sin embargo, nunca pudo ser encontrado.

LA SANGUIJUELA

La sanguijuela robó mis pensamientos mientras yo dormía. Entró sigilosamente en mi habitación, adhirió su lengua pegajosa a mi cabeza y los extrajo sutilmente. Apenas alcancé a verla mientras salía victoriosa por la ventana.

LA COMBINACIÓN

Después de permanecer varios días en una caja fuerte, el hombre sueña con la combinación de la puerta, que le permitirá por fin salir de aquel encierro, pero al despertarse se da cuenta de que la ha olvidado.

EL REGALO DE NAVIDAD

Leonor y su esposo vivían en una colonia exclusiva de la ciudad. Él era un alto ejecutivo de uno de los bancos más importantes del país y, como tal, era un hombre ocupado, que rara vez tenía tiempo para su esposa e hija. Ese día era 24 de diciembre, y habían decidido pasar la velada con los suegros de Leonor, en familia. Así que había preparado la cena navideña para cuando llegaran.

Ella era una persona sensible y de buen corazón, y siempre había sido compasiva con el dolor ajeno. Era delgada y grácil, lo que revelaba su personalidad delicada. Cuando era joven, no mostraba interés en las relaciones sentimentales; siempre aseguró que no se casaría nunca, como habían hecho algunos de sus parientes; sin embargo, acabó cediendo a la presión de sus padres con el tiempo, que deseaban verla casada y, además, ansiaban tener nietos. Tras un corto noviazgo, aceptó casarse con Ernesto, quien pertenecía a una de las familias más ricas y aristocráticas de la ciudad. Su papel en la relación era más bien pasivo, se dejó cortejar y llevar por las circunstancias; cuando menos se lo esperaba, estaba casada y con una familia. A pesar de ello, su vida matrimonial era satisfactoria. Él suplía todas las necesidades materiales que ella y su hija pudieran tener, como antes lo hacían sus padres, y a la vez ella cumplía con su papel de esposa y madre de manera irreprochable.

El día anterior a la noche de Navidad ocurrió un incidente bastante desagradable, su marido despidió a la empleada doméstica, que había trabajado varios meses con ellos en su casa como interna. Era soltera, pero tenía varios hijos que dejaba al cuidado de su madre. La discusión comenzó cuando Ernesto llegó a almorzar a mediodía y la comida estaba fría, luego las cosas fueron escalando hasta que él le pidió a la mujer que se fuera de inmediato, sin importarle nada las súplicas de ella, pues era madre soltera y no tenía otro medio para mantener a su familia. Más tarde él se había burlado del hecho cuando habló con su madre por teléfono.

—Sí, mamá, como te dije, la empleada resultó ser peor de lo que pensamos en un inicio. Desde que llegó demostró que era una haragana… No hacía bien el aseo de la casa y la comida no sabía bien. Comía más que yo o mi esposa. Desde que la empleamos, se engordó. Vino delgada y en seis meses parecía un cerdo. Por último, no quería ni calentar bien la comida, esa fue la gota que derramó el vaso. Y de remate se pone a llorar, rogándome que no la despida. Como si mi casa fuera una oficina de beneficencia. ¿Qué se habrá creído esta gente? Si uno no los pone en su sitio, se le montan encima.

»Yo creo que hasta era ladrona. Después de que llegó, desapareció la Biblia que me regalaste para mi cumpleaños y no la he podido encontrar. Yo le dije que mejor se dedicara a cuidar a sus hijos, ya que eso era lo único que le interesaba. Ella me contestó que no la despidiera, que no tenía cómo mantenerlos, que se iban a morir de hambre. Lo dijo para ablandarme, pero si uno les da la mano le agarran el codo. No, no te preocupes, luego buscaremos otra. No estaremos solos mucho tiempo. Sobra gente que quiera trabajar. No hay problema. Leonor va a preparar la cena navideña. Claro que sí, los estaremos esperando a la hora acordada. Nada ha cambiado. Es solo un pequeño contratiempo. A Leonor le chocó escuchar a su esposo referirse a la sirvienta en esos términos. Sentía lástima por la pobre y no estaba de acuerdo con lo que su marido decía. No le parecía que la situación fuera tan grave como para ameritar el despido. Ya que era una mujer sumisa, no se atrevió a discutir al respecto con su esposo. No obstante, internamente sintió compasión, hasta ayudó a la empleada a recoger sus pertenencias y la despidió en la puerta cuando se fue.

Leonor no lo expresó, pero se sentía muy mal por lo que había pasado. No podía apartar de su mente la imagen de la pobre mujer llorando, a ella y a sus hijos en la soledad de su hogar sin alimento. En su cabeza los miraba a todos, alrededor de una mesa vacía, llorando porque no tenían nada que comer. Se imaginaba a su propia hija abandonada a su suerte ¿Cómo se sentiría ella si no tuviera qué darle de comer a su hija en medio de una noche fría de Navidad? Por más que lo intentaba, no lograba apartar estas ideas de su mente.

Debido a que estuvo atareada con la cena y los

preparativos de Navidad, no tuvo tiempo de comprar un regalo para su marido, así que decidió salir a buscarlo por la tarde. Llamó al chófer y le indicó que tuviera listo el carro a las tres de la tarde. Cuando todo estuvo listo, se subió al auto y fue a visitar tiendas en las que creía poder encontrar un regalo apropiado.

Ese día hacía frío. El cielo se veía nublado. Un típico día de la temporada navideña. Las calles estaban llenas de gente, la mayoría caminaban deprisa, los negocios estaban abarrotados. Un ambiente de celebración y de urgencia se percibía en toda la ciudad. El tráfico estaba imposible, incluso hubo algunas colisiones entre autos. Durante el trayecto no podía dejar de pensar en la circunstancia desagradable de la víspera. Se sentía culpable por no haber hecho nada, pero sabía que ella no había despedido a la empleada; a pesar de ello, se sentía afectada. Su vida había sido bastante fácil, sus padres solventaron siempre sus necesidades materiales, otro tanto podría decirse de su cónyuge. Era lo normal en su clase social, a diferencia de la clase baja, que debía luchar por su subsistencia. Se sentía un poco responsable por este hecho por ser una persona de buen corazón, mas no dependía de ella resolver los problemas de los demás.

Mientras iba por la calle en el auto, pensaba en qué podría comprar para su marido. En su círculo social era prácticamente un deber implícito regalar algo bonito y caro en estas fechas. Una chaqueta de cuero, concluyó; sabía lo mucho que le gustaría, así que iba dispuesta a visitar varias tiendas en las que creía poder encontrar una apropiada. Alguien tiró un petardo en ese momento cerca del carro. El sonido de la explosión la asustó un poco, pero los vidrios de las ventanas estaban cerrados, así que no podría suceder nada malo. El olor a pólvora quemada en el ambiente se colaba a pesar del aire acondicionado.

Dejaron el carro en el estacionamiento de un centro comercial, el chófer se quedó esperando mientras ella se iba a comprar. La decoración de los locales era alusiva a la época, con árboles de Navidad, Santa Claus, música navideña, etc. En total visitó varios lugares. En una tienda encontró una chaqueta bonita pero muy grande; en otra el diseño no le gustó. Después de mucho caminar, por fin encontró una que le pareció ideal, ni muy pequeña ni muy grande, con un diseño que pensó que le gustaría a su marido. El precio era alto, mas eso no le importó, así que pagó con su tarjeta de crédito. Luego el empleado la dirigió a la sección de arreglos navideños en donde se encargaron de envolver la chaqueta con un papel que ella misma escogió.

Caminaba de regreso al estacionamiento lista para regresar a su casa cuando recibió una llamada telefónica de una mujer, una voz desconocida.

—Señora, no me conoce, pero yo sé quién es usted. Soy la esposa de Enrique Robles, Marina de Robles. Él es amigo de su esposo. Se estará preguntando por qué la llamo.

—Sí…

Sabía quién era Enrique Robles, amigo de su esposo, lo había visto un par de veces.

—Pues tengo algo importante que decirle. Sé que será difícil para usted aceptarlo, también lo fue para mí. Al principio creí que estaba equivocada; sin embargo, ahora estoy completamente segura. Así que puedo asegurarle que lo que estoy a punto de contarle es absolutamente cierto.

—No sé a qué se refiere…

—Solo tenga un poco de paciencia y déjeme

explicarle. Desde hace un tiempo, Enrique se excusaba por venir muy tarde a casa, diciendo que tenía un exceso de trabajo y que esa era la razón de su tardanza. Yo traté de ser comprensiva y nunca reclamé nada; no obstante, un día inesperadamente, cuando me disponía a lavar sus pantalones, encontré un recibo de un motel en uno de sus bolsillos, lo que me causó cierta contrariedad, pues supuse que mi marido me estaba engañando con otra mujer. Créame que esto no había pasado nunca antes en nuestros ocho años de matrimonio, así que decidí seguirlo.

»Un día esperé a que saliera del trabajo y, como yo suponía, no salió tan tarde. Tenía preparada una mentira por si llegaba a casa más temprano que yo, aunque no se dirigió allí, sino que su auto fue al motel cuya dirección aparecía en el recibo que había encontrado. Después de estacionar al lado de una de las cabañas, había otro carro también, se bajó y tocó la puerta de la habitación. Alguien abrió, pero no pude ver su rostro, así que me acerqué a la cabaña en cuestión para tratar de mirar por la ventana, sin embargo las cortinas gruesas del interior me lo impidieron. Esperé un rato sin saber qué hacer y, al poco tiempo, que a mí me pareció eterno, pude escuchar gemidos, como los de una pareja haciendo el amor.

»Como usted comprenderá, para ese entonces me sentía acosada por los celos, así que, ante la perspectiva de no poder averiguar nada de lo que tanto me interesaba, tomé la decisión de hacerme pasar por una camarera y toqué a la puerta de la habitación. Temía que quienes estuvieran dentro se marcharan y no pudiera saber quién acompañaba a mi esposo. Una voz masculina me contestó, que reconocí de inmediato, que quién era. Yo respondí que la camarera, fingiendo el tono de voz. De pronto se abrió la puerta un poco y el rostro de mi marido se asomó, fuera estaba oscuro y creo que no pudo reconocerme. Empujé la puerta, y él retrocedió. Dentro de la cabaña encontré a Enrique parado, desnudo, mirándome con pánico, y en la cama había otro hombre también sin ropa; era su esposo, Ernesto.

»No tuve dudas al respecto, porque la luz estaba encendida y lo conocía bien, nos habíamos visto en varias ocasiones. Como comprenderá, mi estado emocional era extremo, grité y lloré como loca mientras mi esposo trataba de calmarme sin ningún resultado. Tomé un vídeo con el teléfono mientras entraba a la habitación, de inmediato salí corriendo y me dirigí a mi casa. Eso sucedió ayer. Después de investigar un poco, conseguí su número y dirección de correo, y decidí que usted también debía estar al tanto de lo que hace su marido cuando llega tarde del trabajo.

—¡Cómo es posible, no puedo creerlo!

—Sé que es difícil. Yo tampoco lo vi venir, pero para que me crea le he enviado el vídeo que tomé.

—Él siempre que llegaba tarde me decía que era por su trabajo.

—Lo mismo que a mí, y ya ve lo que realmente pasaba. Leonor observó el vídeo que le había enviado, se podía distinguir un hombre parado en la puerta de la habitación y dos hombres más, uno desnudo a un lado y otro también desvestido, descansando de espaldas sobre una cama. Este último se daba la vuelta y se podía apreciar su rostro: ¡era Ernesto! ¡No había duda posible! Lo que la mujer le describió era cierto.

—Siento mucho que haya tenido que darse cuenta de esta manera. Sé que debe ser muy doloroso.

Comprenda que también estoy pasando por lo mismo y no quise que usted permaneciera engañada, como yo lo estuve durante tantos años.

Después que su interlocutora colgara el teléfono, un aire de irrealidad inundó la mente de Leonor, le parecía que lo que estaba viviendo en ese momento no era cierto. De pronto todo se tornó gris y las lágrimas recorrieron su rostro. No pudo sostenerse de pie y se sentó sobre una banca que había a un lado de la calle. Permaneció un rato sentada sin saber qué hacer y, finalmente, se levantó y caminó sin rumbo fijo. Pasó frente a un mendigo y le dio el regalo que acababa de comprar. Sin responder a su agradecimiento, continuó con pasos vacilantes hacia la multitud que paseaba por la calle. Comenzaba a oscurecer.

EL PACIENTE

Llevaba muchos días esperando reunirme con mi psiquiatra. Hasta que, por casualidad, un día lo vi en el manicomio, me aproximé a él y me di cuenta de que ahora era un paciente más, así que no pudo ayudarme.

EL EMPLEADO PROCRASTINADOR

Aunque trabajaba en una oficina, toda la gente lo acusaba de ser un flojo. Él lo negaba, pero en su fuero interno sabía que tenían la razón. Lo que pasaba es que siempre, al salir por las mañanas para ir trabajar, se encontraba con otro hombre idéntico a él. Este se dirigía a su lugar de trabajo, ocupaba su puesto y realizaba todas las funciones que le correspondían a él, por lo que, cuando se lo encontraba, se volvía a su casa.

EL AMANUENSE

El monasterio descansaba sobre una pequeña meseta en la cima de la montaña. Al lado este de su muro perimetral podía verse el valle regado por un río. La iglesia, en forma de cruz latina, ocupaba el lugar central del complejo de estructuras de piedra y tenía comunicación con las celdas de los monjes a través del claustro, que se encontraba junto a la nave sur. El claustro era de forma rectangular, bordeado por arcos con columnas encima, y en su centro se hallaba un jardín, en el que destacaban un alto ciprés y una fuente, al que confluían cuatro caminos. A su alrededor, en cada una de las cuatro naves o pandas, se localizaban las dependencias que ocupaban la rutina diaria de los monjes. En la panda sur se situaba el refectorio o comedor, la cocina y el calefactorio, donde se podía entrar en calor. En la panda oeste se ubicaban las celdas o dormitorios de los frailes.

En la reclusión de su monasterio, los anacoretas vivían existencias de negación. Al haber hecho votos de silencio, sus días trascurrían en un mutismo autoimpuesto, signo de su devoción a Dios y de negación a la vanidad propia de los deseos carnales. El aislamiento era esencial para lograr la contemplación y la oración sin participar de las distracciones que ofrece la vida mundana.

Las celdas de los amanuenses consistían en un espacio reducido con un techo abovedado de piedra, igual que el resto de estancias. La cama era una estructura con tablas en la parte superior, y un boquete en la pared de piedra que daba al exterior hacía de ventana, para que pudiera entrar la luz. A un lado de la habitación había una pequeña estufa que calentaba el ambiente en invierno y, frente a la ventana, una mesa en la que apenas cabían un par de libros y unos pocos útiles: una *penna* o pluma, un *rasorium* o *cultellum* para raspar y *atramentum* o tinta. La estricta soledad de los monjes requería que cada uno trabajara aislado en su celda.

La tenue luz apenas iluminaba la habitación, haciendo de la labor de copia un proceso arduo; una batalla personal y desigual entre el hombre y la página en blanco. Cada línea de cada letra, cada palabra debía dibujarse con precisión. Copiar un solo libro tomaba meses de trabajo a un amanuense experimentado, a razón de dos o tres folios por día. La suya era una realidad llena de sacrificio, pero así fue como escogió vivir.

No podía recordar hacía cuánto permanecía en ese sitio, parecía una eternidad, como si siempre hubiera estado allí. Su labor era la de reproducir en letra gótica folios de innumerables libros, que se sucedían continuamente. Cuando terminaba uno, aparecía otro en su lugar y así ad infinitum. Además, debía copiar numerosos recuentos de las vidas de personas desconocidas, que carecían de interés o sentido para él.

Sentía dolor en su espalda, producto de la rutina de estar sentado. Constantemente, durante horas y días, inclinaba su torso sobre la página que escribía. Él pensaba que era un pequeño sacrificio realizado para gloria y honra de Nuestro Señor, que él asumía con gusto, esperando con ello aminorar el tiempo que su alma inmortal debería permanecer en el purgatorio, expiando los pecados cometidos en esta tierra.

A diferencia de otros amanuenses, el nuestro razonaba constantemente acerca del universo en el que vivía, del enigma teológico de su situación. Como la instrucción que había recibido era limitada, todo su conocimiento provenía de los libros que copiaba. Había aprendido pacientemente de ellos mientras los copiaba. La *Summa Theologiae*, por ejemplo, le había sido de mucha utilidad. Con mucho empeño, había aprendido el latín necesario para entenderla, así que los atributos de Dios no eran algo que no conociera.

Había llegado a la conclusión, por lo demás razonable, de que su tiempo, aunque fuera eterno, no era el mismo de Dios. Mientras el suyo tenía un inicio, aunque no un término, el de Él se extendía ilimitadamente hacia el pasado y hacia el futuro. De ello se deducía fácilmente que no era Dios, sino solamente una criatura creada en un determinado momento por el Omnipotente. Él, de igual manera que todos los hombres, poseía de modo limitado e imperfecto el atributo de eternidad, que se manifestaba en forma perfecta únicamente en Dios.

El contenido de los libros que copiaba no conllevaba una secuencia que facilitara la pedagogía, por lo que había tenido que esperar varias décadas de su existencia para poder comprender aquellas verdades que a otros les serían vedadas. Después de transcribir la Eneida de Virgilio, tuvo que copiar libros de himnos, luego *De*

Vita Caesarum[6] de Suetonio, y así su formación no llevaba el orden necesario para un aprendizaje sistemático.

Por las noches, en la oscuridad de su celda, pensaba en lo que había copiado, en su significado, y trataba de formarse una concepción del mundo en el que vivía. Su vida había trascurrido de manera monótona hasta que tuvo reproducir partes de la *Summa Theologiae* de Tomás de Aquino. Al llegar a esta obra, su razonamiento se vio agudizado por su contenido.

Comenzó a preguntarse acerca de cuál era el propósito de todas las cosas: el cosmos, los seres vivientes, las cosas que suceden. Cuando copió la Cuestión 1. Parte I-IIae. «El fin último del hombre», se vio compelido a analizar el sentido de su propia vida: «Destruyen la naturaleza del bien quienes suponen una serie infinita. Pero el bien es precisamente lo que tiene razón de fin. Luego es contrario a la razón de fin un proceso al infinito. Es necesario, por tanto, admitir un fin último». El doctor Angélico asumía que no pueden existir causas infinitas motoras, pues no se podría llegar entonces a un primer motor que proporcionara el movimiento inicial. El amanuense pensaba que cuál sería el fin último de su existencia, que si él estaría actuando de acuerdo con ese fin. Su única realidad consistía enteramente en copiar documentos. No tenía otra razón de ser.

Más adelante, el documento de Tomás de Aquino ofrecía una inquietante posibilidad: «En las cosas que se relacionan entre sí accidentalmente, la razón puede muy bien proceder hasta el infinito». ¿Existe algo que

---

[6] 'Vida de los doce césares'.

sea infinito aparte de Dios? Al menos en nuestra mente, ¿podemos concebirlo?

Estas preguntas lo obsesionaban hasta tal punto que había perdido el sueño y el deseo de comer. Toda su vida le parecía vana. Se dedicó entonces a la oración, con el objetivo de aliviar su pesar, pero aun en ella no podía encontrar la respuesta que tanto anhelaba.

Una noche oscura de luna nueva, en que permanecía en un estado intermedio entre el sueño y la vigilia —no podría asegurarlo con certeza—, su aposento se iluminó. Pensó que ya había amanecido, sin que él se hubiera percatado. A veces las noches se acortan cuando las preocupaciones nos aquejan y, mientras cavilaba esto, en la pared frontal de su habitación apareció un ser alado de incomparable presencia. Vestido de lino blanco y resplandeciente, sus facciones eran de extraordinaria belleza y sobre su espalda surgían dos hermosas alas blancas, desplegadas como si fueran las de un cisne. El ángel, que tal era, se dirigió a él con voz audible y le dijo: «He venido a ti como respuesta a tus oraciones. No debes temer. El propósito de tu existencia, así como el de los demás hombres y de todo lo que existe, ha sido previsto por la providencia de Dios. Esta, de igual manera que todo lo que hay en Él, es perfecta. Aquellas vidas sobre las que escribes son las de otros hombres que existen en otras realidades o universos. A su vez, alguien más escribe acerca de ti, acerca de lo que acaece en tu experiencia diaria, en algún otro universo».

Después de haber escuchado al ángel hablar, este desapareció, dejando la habitación en penumbra. Durante varios días, después de esta experiencia, se sintió débil. La fuerza de sus miembros desapareció y casi no podía mantenerse en pie. No estaba seguro de si se trató de un sueño o de una aparición real. Pero comprendió que allí radicaba la respuesta de lo que había estado buscando. Lo que él escribía acerca de otros hombres era lo que habría de ocurrir en la vida de ellos, a su vez alguien más estaría escribiendo en este mismo momento sobre lo que a él le ocurría.

Si había muchos mundos, ¿sería el número de estos ilimitado? Podría haber tantos que simplemente no pudiera contarlos en el trascurso de su existencia, aunque no fueran innumerables, o podrían ser realmente infinitos, aun con lo improbable e inimaginable que esto pudiera ser. Pensaba que el número de libros que había que copiar era incontable, ni aun si poseyera la duración de un millón de vidas podría acabar su trabajo. ¿Y si en cada cosmos hubiera un número ilimitado de libros la cantidad de estos sería infinita? ¿Y si cada uno de ellos describiera las experiencias de una persona, o varias personas, habría una cantidad ilimitada de personas?

Si se requiriera que hubiera un amanuense en un universo que describiera la vida de otro, en otro universo, y este otro
 describiera la experiencia de un tercero en otro mundo, y este la de otro, etc., formarían una cadena, la cual podría extenderse horizontalmente y, en este caso, la sucesión podría no tener un fin. Pero dicha cadena no podría existir por mucho tiempo, pues la muerte les sobrevendría en el transcurso de una vida humana, a menos que los amanuenses se estuvieran agregando continuamente al término de la cadena, o podría ser que el final de esta cadena se uniera al principio, formando un círculo. Pero si fuera un círculo, por lógica común, se llega a la conclusión de que, igual que en el caso anterior, en un determinado momento todos

morirían cuando su existencia natural terminara, y la secuencia finalmente terminaría, dejaría de existir, sin posibilidad de perpetuación. Descartó estas posibilidades, ya que recordó que, cuando escribía, lo hacía refiriéndose a las experiencias de distintas personas.

Por eso lo más lógico era pensar que cada amanuense detallaba la vida de varias personas, y estas a su vez las de muchas otras, y así sucesivamente. Si a la vez se agregaran nuevos eslabones continuamente, las ramificaciones de esta cadena se extenderían de manera prácticamente infinita y podrían entrelazarse de las formas más intrincadas que pueda concebirse, constituyendo una vasta red con millones y millones de conexiones, en cuyo seno se pudiera acceder a toda la información disponible. Él pensaba que esta red debía asemejarse a la mente de Dios. Este último razonamiento era el que, según él, más se ajustaba a lo que debía ser su realidad. Desde que llegó a esta conclusión, no le pareció que su vida fuera un sinsentido. En su mente surgió la imagen de un escriba seguido de una cantidad innumerable de estos, uno después del

otro, en una línea que se extendía hasta la eternidad.

Comprendió entonces que su vida era un grano de arena en una playa inconmensurable, una gota en un océano, del cual formaba parte, pero no podía distinguirse. Aunque no pudiera decírselo a otros, debido a su voto de silencio, él podía razonar acerca de estas cosas.

Ahora ocuparía su tiempo reflexionando acerca de todo aquello que copiara. Su mente no estaba confinada y podía elevarse por encima de lo cotidiano. Volar muy lejos, alzarse como un águila lo hace sobre los valles, y por encima de las montañas remontar su vuelo.

AUTOR PREMATURO

Toda su vida había admirado los cuentos de Edgar Allan Poe. Los misterios de la vida y la muerte le causaban fascinación. Aunque intentó escribir sus propios relatos, nunca pudo crear una historia que fuera de su agrado. Su imaginación simplemente era incapaz de elaborar algo que no hubiera experimentado en carne propia. Siempre añoró tener alguna experiencia inusual que le sirviera como inspiración. Hasta que un día despertó en medio de la oscuridad, dentro de un ataúd. Entonces comprendió que lo habían enterrado vivo.

LA AURORA BOREAL

Hacía mucho frío fuera de la tienda de campaña, los inviernos son muy ásperos en la Laponia finlandesa. El hijo de Remu, Saska, presa de una enfermedad desconocida, parecía moribundo. Un caminante de paso solicitó permiso para acercarse a la hoguera que languidecía enfrente de la abertura de la tienda. Remu, como buen anfitrión, lo invitó a calentarse y a comer salmón recién pescado, quizás esa noche fuera la última en la vida de su hijo. Cuando terminaron, la aurora boreal apareció en el cielo con su danza de fantásticos colores: verde, magenta y violeta. Para asombro de los anfitriones, el invitado, inspirado por el momento, recitó sagas nórdicas sin parar. Por la mañana, Saska se había recuperado por completo de su enfermedad, y esparcida sobre la nieve podía verse una lluvia de escarcha de oro.

EL RAMO DE FLORES

La familia Rodríguez estaba formaba por Reinaldo, su esposa Margarita y sus dos hijas, Jacinta, de quince años, y Florencia, de diecinueve. Vivían en una casa de clase media, ubicada en una colonia céntrica de la ciudad. Jacinta cursaba la secundaria en una escuela privada dirigida por monjas, y Florencia había entrado en la universidad para estudiar pedagogía.

Una mañana, mientras doña Margarita hacía las tareas del hogar, un empleado de una floristería trajo un ramo de flores enorme. En un inicio, la señora pensó que se trataba de un error, pero el repartidor le aseguró que la dirección era la correcta, así que no tuvo más remedio que aceptarlas.

Colocó el arreglo en un florero en la mesa de la sala, eran rosas rojas con un aroma que inundaba toda la habitación. Tomó el sobre y sacó la tarjeta. En letras muy ornamentadas decía: «Para el amor de mi vida», y nada más, por lo que revisó el sobre y la misiva, pero no encontró consignada una destinataria ni el remitente. Lo primero que pensó fue que el ramo era para alguna de sus hijas, Sin embargo, no tenía conocimiento de que tuvieran un admirador ni habían llevado a casa a ningún invitado. Así que se ruborizó ante la posibilidad de que fuera para ella. Cuando se casó, dejó un corazón roto, el de un muchacho que estuvo enamorado de ella muchos años. El día de su boda se presentó llorando para despedirse, pero después de tanto tiempo no creía que todavía albergara esos sentimientos, puesto que no había sabido nada de él en muchos años.

También pensó que podía tratarse del hombre que conoció en una reunión con sus amigas. Lo había visto en varias ocasiones y era obvio que él tenía un interés especial a pesar de haberle mencionado que estaba casada. En el fondo se sentía halagada con sus atenciones, y su pasión había hecho florecer en ella hermosas ilusiones. ¿Podría ser él? ¿Qué pasaría si su marido lo descubría? Pensó en tirar las flores a la basura, pero varios vecinos vieron el auto repartidor y al distribuidor entregándole el ramo. «Nunca falta un metiche», se dijo a sí misma. No, lo mejor será hacerse la desentendida. Además, no se sabía realmente a quién iba dirigido el presente al no haber un destinatario.

—¿Qué es esto, mamá? ¿De quién son estas flores? —dijo Jacinta, abriendo mucho los ojos al ver el arreglo floral, cuando llegó a casa por la tarde.

—No lo sé. Las trajeron por la mañana y no tienen el nombre del destinatario, así que no se sabe a quién van dirigidas —respondió Margarita.

—Qué romántico, eso del amor de mi vida me suena a telenovela. ¿Será que se han equivocado? —exclamó Jacinta, cogiendo la tarjeta para leer el mensaje.

—No lo creo, el empleado que las trajo me aseguró que no había error con a la dirección.

—Bueno, ¿entonces para quién serán?, porque para mí no creo…

—¿De verdad no hay nadie que te las haya podido enviar?

—Pues no tengo ningún admirador declarado, pero siempre existe la posibilidad de alguno secreto —dijo esbozando una sonrisa—. Lo que pasa es que los chicos que veo todos los días son unos mocosos que a duras penas tienen dinero para comprar la merienda, y no creo que puedan permitirse un ramo de flores tan costoso, tendrían que ahorrar todo el mes —explicaba esto mientras miraba a un actor de telenovela que le gustaba.

—Pues quizás se las enviaron a tu hermana, ¿no crees?

—Es posible, aunque me gustaría que me las hubieran enviado a mí —declaró con una mirada coqueta.

—Ya te llegará el momento de volver locos a los hombres, no te preocupes —expresó su mamá, guiñándole un ojo.

Mientras veía telenovelas, Jacinta se pasó varias horas soñando con el amante secreto que le podría haber enviado esas rosas.

Cuando pasaron un par de horas, llegó Florencia. Dejó su mochila sobre la mesita que estaba en la puerta y entró en la sala. Al ver las flores un gesto de extrañeza le cambió el rostro.

—Mamá, ¿y estas flores? ¿De quién son?

—No sé, hija, las trajeron hoy de la floristería y no dice a quién van dirigidas.

—Pero a alguien se las habrán mandado, ¿no? No creo que
alguien compre flores y las envíe así por así.

—Ya te dije que no tienen dedicatoria. Creí que eran para vos.

—¿A mí? ¿Quién me va a enviar flores? Vos sabés que no
tengo novio.

—Bueno, estoy adivinando. Si no son para vos, no tengo idea de para quién serán.

Florencia se acercó y tomó la tarjeta en la que solo aparecía la frase: «Para el amor de mi vida».

—¡Ay! Qué cursi el mensaje. Si ahora ya nadie cree en eso de los amores eternos.

—Pues, por lo visto, este sí.

—Bueno, habrá que averiguar quién es, ¿vos qué crees, será algún error?

—No creo, le pregunté al empleado y dijo que no había ningún error.

—Yo sospecho que son mías, de algún enamorado secreto. Uno como Antonio, el de la telenovela —dijo Jacinta, entrando a la sala.

—Ya quisieras que así fuera —respondió Florencia—, hombres así no se ven a la vuelta de la esquina, y menos siguiendo a niñas como vos.

—Ya no soy una niña, en tres años cumplo la mayoría de edad.

—Eso será dentro de tres años. Por ahora, seguís siendo una niña —respondió su hermana.

—¡La envidia te hace hablar así! —replicó Jacinta mientras se iba hacia su habitación.

Durante la noche, Florencia estuvo pensando quién podría haberle enviado flores. Aunque no deseaba admitirlo, le gustaría que se las hubieran enviado a ella. Reinaldo llegó a la hora de la cena.

—¡Vaya! ¿Y estas rosas de quién son? —preguntó con curiosidad.

—No se sabe, mamá dice que las vinieron a dejar de la floristería, pero no tienen el nombre del que las envió ni a quién van dirigidas —contestó Florencia desde el sofá—. ¿Qué te parece, papá?

—¡¿De verdad?! Eso sí que me parece raro. Se ve que el arreglo es caro para no decir quién las envía o a quién van dirigidas.

—Sí, pero eso es lo que dice mamá. Si querés, podés ver la tarjeta.

Reinaldo se acercó al ramo y tomó la tarjeta.

—«Para el amor de mi vida». ¡Guau!, este por lo visto está guindado.

—Para que dejes de imaginarte cosas, te aclaro que para mí no creo que sean.

—Mmmm… Y, si no, ¿para quién?

—Pues no sé, a lo mejor se equivocó de dirección, ¿no crees? A cualquiera le puede pasar.

—Si vos lo decís. ¿No será que hay algún mosco rodándote?

—No creo, papá. Si así fuera, ya lo habría notado. Si lo hubiera, sería alguien en quien ni siquiera he reparado.

En eso entró Margarita.

—Ya viste las flores. Cuando apareció el empleado de la floristería, creí que era algún error, pero el tipo me dijo que no, que iban dirigidas a esta dirección.

—Por eso pensé que podían ser para Florencia, ya que Jacinta es muy pequeña para andar en esos trotes.

Jacinta entró a la habitación.

—A lo mejor son para mí. De algún admirador

secreto parecido a Antonio, el de la telenovela.

—Ni soñés vos. Fijo que no dormís hoy creyéndote eso —respondió Florencia.

—Vos es que te la das de envidiosa —contestó Jacinta.

—Fregués vos —respondió Florencia.

—No peleen por tonterías. Al fin y al cabo, si no son para ninguna de ustedes, seguramente será algún error. No me extrañaría que mañana vinieran a por ellas y a disculparse de la floristería —replicó la Margarita.

—Mmmm... Sí, es posible. A lo mejor eso fue lo que pasó. Dejémoslas aquí en la sala, quizá mañana venga alguien —concluyó Reinaldo.

A la mañana siguiente, el inesperado obsequio descansaba inocentemente sobre la mesa. Cuando se levantó Jacinta, se acercó a una rosa, sintió su aroma y suspiró. Luego se fue al baño. Florencia también se aproximó para olerlas antes de irse a la universidad. Margarita esperó todo el día, pensando que en cualquier momento sonaría el timbre y aparecería el repartidor para recogerlas, explicándole que había sido un error. En su mente se lo imaginaba cargando el arreglo en el carro, lo que le daría algo de pena; el ramo se veía muy bien situado sobre la mesa, alegraba el ambiente con su sola presencia. Pero nada ocurrió y la mañana pasó sin incidentes, Por la tarde, el timbre no sonó y el empleado no se presentó.

Por la noche se encontraba la familia de nuevo cenando.

—Parece que no vinieron por las flores —intervino Reinaldo.

—No, nadie vino —dijo Margarita.

—La pregunta entonces es para quién eran.

—Ya te dije que no tengo novio ni admiradores. Con los estudios no me queda tiempo para nada. Si alguien me envió rosas, es alguien que no conozco —comentó Florencia, aunque secretamente deseaba que fueran de un chico que le gustaba, pero no quería admitirlo.

—Podría ser eso. Parece que nunca lo sabremos —replicó Reinaldo.

—Sí, a menos que un día aparezca —dijo Margarita. Cuando Florencia se cruzó con el chico que le gustaba en la universidad, pensó si sería el autor de las flores, si habría sido capaz de enviarle ese regalo, No obstante, la dedicatoria era demasiado, aunque sospechaba que ella le gustaba, no le parecía que estuviera tan locamente enamorado, al menos no lo aparentaba. Sin embargo, le agradaba la idea de que fuera quien hubiera enviado las flores y no alguien más, por lo que creyó que no hacía ningún daño si lo asumía de esa manera.

Jacinta se pasaba el día entero soñando que Antonio, el de la novela, estaba enamorado de ella y que le había enviado el ramo de rosas con el fin de declararle su amor. En su imaginación lo veía tocando la puerta de su casa, en la que se encontraba sola. Ella lo recibía y él le dirigía una mirada enamorada sin decirle nada, a continuación caía rendida en sus brazos. Él la besaba durante un instante que la llevaba al cielo.

En su escuela había un chico que la molestaba y continuamente trataba de llamar su atención, pero no le agradaba, aunque solo era un año menor que ella aún no había desarrollado sus características masculinas, así que parecía un niño. A Jacinta siempre le habían gustado los chicos mayores, por eso no le hacía caso. Una vez, hablando con él, le preguntó si le había enviado flores. El chico le contestó que no, lo que la dejó satisfecha.

Margarita no perdió la oportunidad de reunirse con sus amigas cuando la invitaron a salir ese sábado. Acostumbraban a concurrir una vez al mes con la intención de tomar algo y divertirse con la plática sobre lo que hacían con sus respectivas vidas. Habían sido compañeras en la escuela secundaria y, como eran buenas amigas, aún mantenían contacto. Se reunirían en un bar localizado en el centro de la ciudad, como lo habían hecho otras veces. A la reunión llegó su admirador, Leonardo, pretextando que acompañaba a una de sus amigas, de la que era primo. Ella fue de las primeras en llegar. Durante la reunión lanzó un globo sonda con el fin de ver si él le había enviado el presente.

—Adivinen lo que pasó esta semana en mi casa.

—¿Qué pasó? —respondieron todas al unísono.

—Esta semana recibí un ramo de rosas enorme. Llevaba una dedicatoria que decía: «Para el amor de mi vida». No traía nombre de quién lo enviaba ni nombre de la destinataria. Se pueden imaginar mi sorpresa al recibirlo del empleado de la floristería.

—¡No te creo! —exclamó Aurelia—. ¿Y no saben a quién se las enviaron?

—Pues no, ninguna de mis hijas tiene novio o admiradores conocidos, así que todo quedó en el más absoluto misterio.

—¡Cómo que ya te quieren hacer abuela! —sentenció Aurelia.

—Podría ser. ¿Te imaginas?, yo abuela, cargando pepes y lavando pañales.

—¿No será que eran para vos? —preguntó Beatriz esbozando una sonrisa maliciosa.

—No me parece, a mi edad ya no estoy para despertar esas pasiones en nadie. Además, que casada y con dos hijas es más que imposible —decía esto mientras miraba de reojo a Leonardo con el fin de ver qué cara ponía. Este no mostró signos de turbamiento, apenas una sonrisa cuando enunció la última parte. Esto le hizo sospechar que él no había enviado el regalo, ¿o quizás sabía fingir muy bien?

—Yo considero que todavía estás guapa. Cualquiera podría
fijarse en vos —respondió Beatriz—, viejos son los caminos.

—Gracias. De todos modos, no creo que fueran para mí, pero tampoco creo que fueran para alguna de mis hijas, así que quién sabe.

—¿Y tu esposo cómo lo tomó? —preguntó Aurelia.

—Pues de lo más natural. Primero, creyó que se las habían enviado a Florencia, pero, cuando esta le aclaró que no tiene ningún enamorado, dijo que quizás había sido un error y que esperáramos a ver qué pasaba.

—¡Qué bueno que no es celoso!, yo creo que, si me envían un ramo de rosas, ¡Pepe me mata! —exclamó Beatriz.

—Bueno, vos solo tenés dos hijos varones —dijo Margarita—,
¿para quién más iban a ser?
Todas rieron ante la ocurrencia.
Con el pasar del tiempo, la familia se acostumbró a ver el anónimo presente en la sala, llegó a ser parte de la familia, por decirlo de algún modo. En el caso de Jacinta, le causaba mucha ilusión. Se acercaba a olerlas cuando pasaban la novela en la que aparecía Antonio. A veces tomaba una de las flores y la sostenía durante un rato mientras miraba la televisión, luego la colocaba de nuevo en el florero. A Florencia le traía buenas emociones, comenzó a pensar más de lo usual en el

chico que le gustaba.

Un día Margarita sorprendió a Florencia olfateando las rosas.

—Aunque no sean para vos. Veo que te gustan, ¿verdad?

—Pues sí, me gustaría que fueran de alguien en particular, pero no lo creo.

—Por fin lo admitís…

—Yo no he dicho que me las enviaron, solo que me hubiera gustado que así fuera.

—Sin embargo, hay un chico que te gusta.

—Sí, la verdad, no lo voy a negar, aunque de eso a que él las haya enviado hay mucha distancia.

—Bueno, espero que sea alguien que te merezca.

—Eso creo.

Cuando estaba en la universidad, Florencia procuraba encontrarse con el joven, se llamaba Abel. Cuando miraba que iba a pasar por un pasillo, hacía lo posible por encontrarse con él y así poder saludarlo. El chico notó que ella se turbaba al verlo y, en una ocasión en la que se encontraba haciendo cola con el propósito de sacar un certificado de calificaciones, se acercó a hablar y la invitó a salir. Fueron al cine y, posteriormente, a comer algo. Durante toda la tarde estuvo de lo más emocionada, le tomaba la mano y no se separaba de él. Estuvieron hablando varias horas como si se conocieran de toda la vida. Entre otras cosas, Florencia le preguntó si le había enviado flores, él lo negó. Al despedirse le dio un beso en los labios que Florencia disfrutó mucho.

Los días siguientes al encuentro, Florencia estaba como en las nubes, pasaba el día cantando y soñando con aquel primer beso que había recibido de Abel. Continuamente acariciaba las rosas y sentía su aroma.

Margarita, al ver el cambio en su hija, le preguntó:

—¿De verdad no eran para vos las flores?

—¿Por qué lo decís?

—Porque te noto cambiada después de que llegaron.

—No, eso no tiene nada que ver con las flores, digamos que
estas solo fueron un catalizador de la vida misma.

—¡Qué poética que estás últimamente!

—Ya ves, la vida nos da sorpresas —expresó Florencia con un gesto enigmático en su rostro.

A Reinaldo la visión del arreglo floral le recordó el tiempo en que cortejaba a Margarita. Recordó cuán difícil fue al principio su relación, porque los padres de ella no estaban de acuerdo, e hicieron todo lo posible por separarlos. Durante varios años se vieron a escondidas por temor, y fue solo mediante una estratagema como lograron casarse. Al quedarse embarazada Margarita, sus padres no tuvieron más remedio que aceptar el matrimonio. Todos estos recuerdos hicieron que tratara de renovar su relación, invitándola a ir al cine y a cenar en algún restaurante. Margarita estaba contenta con el cambio de su esposo, aunque a veces se preguntaba: «¿Qué mosquito lo habrá picado?». De cualquier manera, el cambio era favorable, así que era mejor no quejarse para que todo no volviera a ser como antes.

Con el paso de los días las rosas se fueron marchitando, entonces Margarita tomó la determinación de no dejarlas morir y les colocó en el agua un poco de aspirina, eso las haría durar más. Esa decisión satisfizo mucho a las chicas, quienes ya se habían acostumbrado a verlas todos los días. Mas el tiempo pasa indefectiblemente, y las flores fueron perdiendo su lozanía. El color rojo de los pétalos se fue volviendo marrón, opaco; comenzaron a inclinarse hacia el suelo, las hojas verdes se arrugaban como la piel de un anciano. Cuando fue evidente que se iban a morir, Jacinta y Florencia tomaron varios de los pétalos caídos y los colocaron en medio de libros con el fin de que se preservaran. Así podrían seguirlos apreciando en el futuro. Al fin, la degradación fue total y debieron tirar los tallos marchitos, junto con las pocas flores que aún permanecían en pie, a la basura, no sin tristeza por parte de cada uno de los miembros de la familia, que se habían acostumbrado a su presencia. Después de un tiempo, el curioso incidente llegó a ser solo un recuerdo.

Una tarde en la que se encontraba la familia reunida en la sala

después de la cena, comentaron acerca del ramo de flores.

—Ahora que ya no está, creo que me hace falta el ramo de rosas —concluyó Florencia.

—Sí, se veía muy bonito en la mesa de la sala —dijo Margarita.

—Lástima que nunca apareció mi Antonio —replicó Jacinta.

—De eso nada, yo te dije que no te hicieras ilusiones —respondió Florencia.

—Vos siempre con tu mala vibra, si por vos fuera me quedaría para vestir santos —contestó Jacinta.

—Pero si aún eres una niña, todavía tienes muchos años por delante —respondió Reinaldo.

—Así es, hija, estás comenzando la vida —argumentó Margarita.

—Pero no hubiera estado mal que apareciera en un carro último modelo y me invitara a salir —dijo Jacinta sonriendo.

—Las cosas que se te ocurren —respondió Margarita.

—A mí me trajo buena suerte —mencionó Florencia.

—Mmmm, eso me suena a que hay algo, como que hay gato escondido por allí —respondió Reinaldo.

—Gato no, algo mejor —replicó Florencia.

—Vos que solo te la tiras de enigmática —dijo Jacinta.

—Ya ves, ya quisieras vos…

—Me parece que ha quedado un hueco en el lugar en que estaban las rosas —dijo Margarita.

—Sí, mami, la mesa se mira vacía —afirmó Florencia.

—Sí, después de todo, creo que vamos a extrañar el ramo de flores —dijo Reinaldo mientras se acercaba a encender el televisor.

EL PALACIO

El emperador chino Yang Wang decidió construir un palacio. Para ello llamó al mejor arquitecto que había en el imperio, Li Po. Le encomendó edificar un palacio como ningún otro que hubiera sido construido, ni lo sería en el futuro. Al preguntarle en cuánto tiempo podría terminarlo, el arquitecto le contestó que en siete años. El regente le dijo que le parecía bien, pero que, si no lo lograba en ese tiempo, dispondría de su vida. El constructor trabajó duramente a fin de cumplir con el plazo establecido. Cuando solo faltaban un año y meses para que expirara, y viendo que no terminaría a tiempo, contrató trabajadores que laboraban en la construcción en dos jornadas, una diurna y otra nocturna. Faltando horas para el cumplimiento del plazo, envió un mensaje al emperador diciéndole que la edificación estaba concluida. Él acudió al llamado e inspeccionó la obra. Al verla, Yang Wang quedó muy complacido, era mejor de lo que soñaba. Una creación perfecta. El emperador habló a su arquitecto: «El palacio que construiste es mejor de lo que yo hubiera esperado, estoy seguro de que no hay otro igual en todo el imperio». Estaba tan satisfecho que hizo ejecutar al arquitecto para que se cumpliera su deseo de que no se hiciera otro palacio igual en el futuro.

EL RELEGADO

Había un hombre al que nadie hablaba, era completamente relegado por los demás a donde quisiera que fuera. Si estaba en un grupo, los otros no le dirigían la palabra. Si iba a clases, los maestros se olvidaban de su existencia. Tenía serias dificultades para parar un taxi o un bus, pues estos nunca se detenían cuando los llamaba. Nadie lo felicitaba el día de su cumpleaños, hasta sus padres lo habían olvidado y, en consecuencia, no lo tenían en cuenta para nada. Hasta que llegó un momento en que se volvió invisible, podía estar en una multitud, rodeado de personas y nadie podía verlo.

EL NAHUAL

El sol asoma sobre los árboles, las montañas y los ríos, iluminándolo todo con su aliento de fuego, quema las praderas con su calor, en el eterno fulgor de la campiña. Los días, todos iguales, pasan sin pasar mientras el maíz nace y crece sin darnos cuenta: maíz blanco, maíz amarillo, maíz morado, que crece sobre las laderas de las sierras en donde los mayas, desplazados de los valles por los españoles y sus descendientes, viven su vida o, más bien, mueren un poco más cada día. La tierra es generosa, de ella sale el alimento para las familias. La vida es un ciclo o, realmente, varios: sembrar, ver crecer las plantas, cosechar; nacer, crecer, morir y volver a nacer.

Antonio había vivido toda su vida en la aldea, todos los años, el ciclo anual se repite, una estación seca, en la que los campos se tiñen de dorado, el sol es más fuerte y el clima es caliente, y otra estación lluviosa en la que las lluvias hacen crecer la hierba y el paisaje toma un color verde. Pero en los planes de Antonio no estaba previsto permanecer en el mismo estado el resto de su vida. Hace tiempo decidió salir de su aldea en busca de un sueño: se fue con el firme propósito de aprender la ciencia para convertirse en un nahual. Había oído de un amigo, que en un pueblo de occidente llamado *Tlachiwilistli*[7] había chamanes capaces de hacer posible lo que él, en su infancia, había escuchado de las personas mayores de su aldea: la habilidad para transformarse a voluntad en su animal protector, el nahual. Según la tradición, el espíritu protector viene con la persona desde el momento de su nacimiento, se encarga de guiar al individuo y cuidarlo de los peligros. Adopta la forma de un animal y puede manifestarse en sueños, es un vínculo con lo sagrado que existe en la naturaleza. A Antonio se le había aparecido, en ocasiones, un tecolote[8] en sus sueños y a causa de eso se identificaba con este animal en particular. En la tradición indígena, esta ave nocturna se asocia con los dioses del inframundo, de los que se considera mensajera. Se le atribuyen poderes especiales como el de encantar a las personas y el de ver lo que se halla oculto. También se considera un ave de mal agüero, símbolo de la muerte, capaz de predecir el futuro. Según un antiguo dicho popular: «Cuando el tecolote canta, el indio muere», pues existía la creencia de que, si uno se acercaba a una casa, alguien en ella moriría. Vendió todas sus posesiones, con las que obtuvo cien monedas de plata. Esta era una notable cantidad de dinero para alguien que, como él, trabajaba la tierra de

---

[7] Significa los 'ritos del mal'.

[8] 'Búho'.

sol a sol. Sabía que había muchos ladrones y asaltantes en los caminos, así que tomó todas las precauciones posibles con el fin de no encontrarse con ellos. De ser así tendría que huir o hacerles frente con su machete.

Después de mucho caminar, llegó al pueblo *Tlachiwilistli*. Este era un antiguo poblado en el que había mucha actividad comercial. Muchos mercaderes y pequeños productores venían desde el interior, desde las serranías, a vender sus productos agrícolas. Por las calles había mucho movimiento, en particular en las zonas aledañas al mercado municipal, donde se comerciaban muchos bienes: frutas, verduras, maíz, frijoles, animales, etc. La población, igual que muchas otras fundadas por los españoles después de la conquista, estaba organizada en cuadras alrededor de la plaza central. A un costado de la misma se hallaba el cabildo o palacio municipal; del opuesto, la iglesia católica, y en otro de los lados la escuela pública. Caminó durante horas por pobladas calles a las que no estaba acostumbrado. El bullicio de la gente era algo extraño para alguien que había vivido toda su vida en el campo. Según le habían dicho, en una zona al este de la ciudad había un área en donde vivían los chamanes o brujos, él esperaba encontrar allí alguno dispuesto a enseñarle el arte del nahualismo. Cuando por fin logró localizar el lugar era de noche, la mayor parte de las casas tenían sus puertas cerradas. Sobre una esquina divisó a un hombre mayor, de aproximadamente cincuenta años.

Este tenía el pelo cano y la piel curtida, debido a las inclemencias del tiempo. Antonio le preguntó:

—Disculpe, amigo, ando buscando un chamán. ¿Sabe usted si por aquí vive alguno?

El individuo, quien era un estafador habitual, le

contestó:

—Aquí hay varios, pero déjeme decirle que uno no puede

confiar de cualquiera. ¿Se puede saber para qué lo necesita, amigo?

—Pues fíjese, la verdad es que quisiera aprender a ser un nahual y por eso ando buscando un chamán.

—Pues mire, ha llegado a buen sitio. Yo soy chamán, mi nombre es Andrés y puedo enseñarle lo que usted quiere, solo debe pagar, pues no es algo que todo mundo sepa. ¿Cuánto dinero tiene usted para lograrlo? —dijo el hombre viendo allí una oportunidad de ganar dinero fácil.

—Tengo noventa monedas de plata —contestó Antonio—. Tenía cien, pero el resto lo he gastado en el viaje.

—Me parece una cantidad justa. No le enseñaría este arte a cualquiera, sin embargo, se ve de largo que es usted una buena persona.

Antonio, quien estaba impaciente por comenzar con su instrucción, le preguntó:

—¿Cuándo podemos comenzar?

—Mañana, a medianoche, pero debe venir solo.

Antonio se fue contento, pensando que por fin iba a hacer realidad su sueño; el otro, sabedor de que obtendría una buena suma de dinero, a su vez alegre.

Durante varios días, le enseñó varios rituales y le indicó que tenía que hacerlos en un día de luna llena, a medianoche y en un lugar solitario, donde no hubiera testigos. Le advirtió que solamente necesitaba utilizar sus poderes en caso de extrema necesidad, si peligraba su vida o la de otra persona. Además, le dio instrucciones precisas, que era importante que tomara en cuenta durante su primera ceremonia

—Suba hasta la montaña más alta que pueda encontrar, donde haya un precipicio. Allí debe hacer el ritual. Cuando llegue el momento de convertirse en su nahual, no tenga ninguna duda, salte al vacío y se transformará en un tecolote. Pero recuerde, no debe dudar. Si duda por un momento que lo puede hacer, no lo logrará.

El embaucador se fue entonces con las noventa monedas de plata, pensando que el tonto crédulo se mataría en el intento de terminar su ritual o no tendría valor para lanzarse; cualquiera que fuera el resultado, el incauto no podría reclamar nada después. Antonio se fue alegre de su suerte, dispuesto a realizar el ritual en la próxima luna llena, sin sospechar siquiera que era víctima de una estafa que le podría llevar a su muerte.

Al fin llegó el día tan esperado por Antonio, una noche de
luna llena. Tomó el camino rumbo a una cumbre solitaria, que había escogido con anterioridad. Era tarde, a esa hora la mayoría de los habitantes del pueblo estaban durmiendo. Las puertas de las casas estaban cerradas y no se escuchaba ningún ruido aparte de los ladridos de algunos perros. La luna plena iluminaba los tejados y la calle polvorienta. Los aleros de las casas proyectaban sus sombras, como si fueran fantasmas en medio de la noche.

Mientras Antonio caminaba por la salida del pueblo, despreocupado hacia su destino, pasó cerca de tres hombres que estaban bebiendo aguardiente en una esquina solitaria. Estos eran conocidos en la región como ladrones. El primero era alto y delgado, un tanto encorvado, y le faltaba un ojo, razón por la que se le conocía con el sobrenombre del Tuerto. El segundo era gordo, tenía una sonrisa constante en el rostro que mostraba los pocos dientes que aún tenía y obedecía al nombre de Hilario. El tercero, de estatura mediana, ni gordo ni delgado, se llamaba Juan, pero le decían Juancho. Los tres rateros lo vieron pasar.

El primero en hablar fue Hilario:

—Mirá ese maje que va allá, yo lo *vide* en el pueblo diciendo que hoy iba a ser su gran día. Se me hace que lleva pisto, vos — dijo a Juancho. Mientras esto decía, sus dientes brillaban a la luz de la luna.

—Yo *creiba* que sí —respondió Juancho—, tiene pinta de forastero.

—Lo *mesmo* digo yo, no hace mucho que lo veo por aquí.

Lleva cargando maritates —dijo el primero con sorna.

—Sigámoslo pues, ¿qué dicen ustedes?

El Tuerto, quien hasta el momento había permanecido en silencio, contestó:

—Sigámoslo, digo yo. De todos modos, nada perdemos; de todas maneras, si no lleva pisto, nos va a pagar con su vida.

—Y si tiene también —contestó Hilario sonriente.

A continuación, mientras andaba su camino hacia la cumbre, Antonio contó con tres sombras que los seguían de lejos, caminaban a una distancia prudencial procurando que este no se diera cuenta.

Los tres hombres conocían el camino y sabían que la vereda conducía a la cima de la montaña, esta era una vía sin salida, de la cual no habría forma de escapar, pues al llegar al final la única retirada disponible era un abismo.

Sin embargo, Antonio, quien estaba acostumbrado a cuidar sus pasos para prevenir posibles atracos, se percató de tres figuras que lo seguían y apresuró sus pasos. En la prisa se le cayó el machete, su única

135

defensa. El canto de los grillos lo acompañaba en medio de la oscuridad. Gracias a su rapidez, logró llegar antes que los hombres, que no se habían dado cuenta de que los había anticipado. Al llegar al punto más alto, comenzó su ritual. La luna brillaba más que nunca e iluminaba la noche. Cuando por fin los maleantes llegaron a la cima, vieron a Antonio, que se disponía a saltar hacia el abismo.

—¡Qué va a hacer ese hijueputa! —gritó Hilario.
No obstante, ya era tarde, Antonio se había lanzado al vacío, en espera de convertirse en su nahual.
Los ladrones corrieron tras él. Esperaban ver el cuerpo caer mientras se destrozaba contra las rocas. Al llegar al borde del precipicio no pudieron ver al hombre cayendo, en su lugar contemplaron la figura de un tecolote majestuoso, que levantaba vuelo por encima de sus cabezas hacia el cielo, hasta perderse en la oscuridad de la noche.

EL TIEMPO ES INEXORABLE

Un enano era tan pequeño que tenía temor hasta para salir a la calle, pues alguien podría golpearlo al pasar. En la casa donde vivía, había un gato que permanecía la mayor parte del tiempo sentado en una silla, y lo miraba pasar todos los días sin inmutarse, solamente lo seguía con la vista. Con el pasar del tiempo, el enano se volvía más y más pequeño. Llegó un momento en que era tan diminuto que temía que los demás habitantes de la casa lo pisaran por descuido mientras caminaban. Una mañana se levantó y, cuando iba hacia la sala de estar, vio al gato sentado como siempre, pero esta vez se levantó y se dirigió de manera sigilosa hacia él.

EL MAESTRO DE KUNG —FU

Liu Zhao temía por su vida y la de su familia. Había escuchado rumores de que los forajidos de la comarca vendrían ese día a tomar su casa, sintió temor por sus hijos menores y por su esposa, así que decidió ir al encuentro del maestro Wu, experto en kung fu, para pedirle ayuda. Mientras se alejaba para ir a buscarlo, pudo divisar en el horizonte las figuras de los delincuentes que se dirigían hacia su hogar. Tardó un poco en llegar donde se hallaba el artista marcial, pero, cuando lo alcanzó, Liu Zhao le pidió que le ayudara a rechazar a los hombres, que para ese instante ya deberían de estar frente a su propiedad, aunque dudaba que llegara a tiempo. El maestro Wu le dijo que no temiera y, acto seguido, comenzó a realizar sus entrenamientos o *kuen*, tirando puñetazos y patadas y haciendo todos los movimientos de su arte. Cuando terminó, le indicó que regresara con los suyos. Liu corrió hacia su morada y encontró a su mujer, quien muy exaltada le relató que en medio de la oscuridad había aparecido un guerrero cuyo rostro no pudo distinguir y que atacó a los maleantes y los hizo salir en retirada.

EL ENCUENTRO

Liz miró al hombre que tenía enfrente. No era exactamente como lo recordaba, un poco más gordo quizás, unas canas incipientes pintaban su cabello, los ojos, una vez vivaces, lucían ahora más bien cansados y tristes. Se veía que el tiempo había hecho mella en aquel a quien en otra época amó. Parecía un viejo Romeo después de mil batallas. Mas, a pesar de todo, todavía podía adivinarse en él la inteligencia que siempre lo acompañó y lo hacía atractivo a sus ojos, a pesar de que físicamente no era guapo. Todavía conservaba su intensidad, algo que a veces la atemorizaba y, a la vez, la excitaba: era como si nunca pudiera saberse con seguridad qué haría a continuación.

Sin embargo, qué había sido de ella... No era más que una sombra de la bella mujer que en otra época fue. Cuando era joven, los hombres la seguían con sus miradas al pasar. Su cuerpo, que una vez fue la admiración de todos, era ahora el cuerpo de una mujer mayor, sin curvas pronunciadas provocadoras de deseo; sus senos habían sufrido el peso de la gravedad, igual que todo aquello susceptible de sufrirla; sus ojos habían perdido su forma almendrada, se habían formado bolsas bajo ellos y unas feas patas de gallo se extendían hacia sus bordes externos cuando los abría.

Por su mente cruzó el pensamiento de que una relación entre ambos no tenía ahora razón de ser, ya no existía la llama que en un momento compartieron, y que probablemente nunca volvería a renacer.

En el instante en que se encontraron de nuevo, de forma fortuita, en una calle por la que caminaban distraídos, ambos se reconocieron de inmediato, como si hubieran sido visitados por una sombra del pasado. Liz regresaba de hacer unas compras, él caminaba despreocupado por la calle en sentido contrario. Estaba jubilada desde hace un año aproximadamente. Durante todo ese tiempo había estado viviendo en un apartamento pequeño. No había tenido hijos, así que tenía mucho tiempo libre, que ocupaba leyendo, viendo la televisión o yendo a la iglesia. Después de tantos años sin tener contacto alguno, él se emocionó al verla, sus ojos reflejaron todos sus recuerdos, y quizás en su mente la vio por un instante tal cual era cuando se encontraba en toda la plenitud de su esplendor. «Si tan solo hubiera sido posible entonces», pensó Liz. Mas por alguna extraña razón hay personas en esta vida cuyos destinos no se tocan en el momento justo, como si estuvieran desincronizados, eternamente a la espera de ese momento preciso que nunca llega; sus vidas corren paralelas y, si bien parecieran tocarse, ese contacto solamente es una ilusión y desaparece justo cuando intentan acercarse. Al despedirse, le había dado su número de teléfono para que se comunicaran.

En la época en que se conocieron, ella ya estaba casada desde hacía dos años, sin embargo, él insistió en su amor y, a pesar de esto, sabía que nada iba a ser posible entre los dos. En un principio lo había evitado, pero poco a poco fue minando sus defensas hasta que por fin comenzaron a salir. Se encontraban y platicaban como si el tiempo no pasara, él la miraba con ojos que la ruborizaban y que a la vez la excitaban.

A pesar de que su matrimonio no era todo lo que Liz había deseado en sus sueños de juventud, ser fiel era muy importante, y también el qué dirán desempeñó un papel en su decisión. Reconoció que no podría soportar que su nombre se viera envuelto en chismes, y eso usualmente pasa cuando se tiene una relación extramatrimonial. «El único secreto posible es aquel que no compartimos con nadie», decía ella. Y, en una situación donde hay dos partes, invariablemente existe la posibilidad de que uno de los dos hable, como suele suceder. Los miembros del género masculino son muy dados a alardear acerca de sus conquistas, sin importarles que al hacerlo afecten la reputación de una dama, otros lo hacen por despecho al sentirse rechazados. No podría permitir que eso le sucediera a ella. Estos pensamientos la llevaron a declinar una relación amorosa que en el fondo de su ser deseaba. Él le demostró de una y mil maneras que la amaba con locura. Sin embargo, ella se conformó con saber que era amada, eso la hacía sentirse feliz, y si bien no quería admitirlo lo amaba de la misma manera. No precisaba tener contacto físico con el fin de sentirse satisfecha, quizás, en el fondo, tenía miedo de que un encuentro corporal la enloqueciera y no le fuera posible volver atrás. ¿Qué pensarían sus amigos y familiares si ella, considerada por todos una mujer decente, de pronto dejara a su esposo por otro? Él, en cambio, sufría enormemente por no poder tenerla, y la esperanza de verla era el único interés en su vida. Había adelgazado de forma notoria desde que lo consumía el deseo. Además, comenzó a cometer algunos desaciertos, como esperarla en lugares demasiado visibles. En una ocasión en la que se encontraba muy enferma, le envió flores a su casa y ella tuvo que mentir a su esposo diciendo que eran de sus compañeros de trabajo. Liz se lo recriminó, pero a la vez la emocionaba el hecho de que se expusiera de tal manera debido a la pasión que sentía.

No obstante, todo aquello que pudo ser terminó abruptamente, cuando su esposo se enteró del affaire que había entre los dos. Aunque era solo un intercambio de miradas y de palabras, su marido no la creyó o al menos eso parecía. Le dio un ultimátum: «Él o yo», le dijo. En su inocente pensamiento, mientras no rebasara el límite del amor platónico, estaría a salvo, mas no bastaba con ser inocente, era importante, además, parecerlo. La realidad le enseñó esa lección en aquella ocasión. De manera que no tuvo otra opción que la de renunciar a su amistad. Tomó el camino que se esperaba de ella, despidió a su amado y le dijo que no podía verlo más. Lloró varios días, y durante mucho tiempo después le embargó la sensación de pérdida, pero no había otra solución posible dadas las circunstancias.

Desde entonces habían transcurrido muchos años hasta ese día que se encontraron de nuevo, más de los que hubiera deseado. «¿Por qué no nos encontramos antes? —pensó—, cuando nuestro amor estaba aún fresco y la juventud de nuestros cuerpos nos hubiera proporcionado incontables noches de amor y placer».

Aquel día en el que se tropezaron en la calle por casualidad, él le había pedido volver a verla al enterarse de que se había divorciado de su primer esposo varios años después de los tristes sucesos ocurridos entre los dos. Sin saber por qué, lo había invitado a su apartamento. Ahora que lo miraba de nuevo no sabía qué hacer o, mejor dicho, no sabía cuál sería la mejor decisión que había que tomar. Era consciente de que entre los dos no existía la ilusión que una vez los unió. Solo el recuerdo de un sentimiento que no se podría revivir tan fácilmente.

En ese momento estaban frente a frente, iluminados por la luz de la lámpara de noche que dibujaba sus siluetas sobre la pared de la sala del apartamento de Liz, tal cual dos fantasmas que evocan el pasado. Los muebles eran los únicos testigos mudos de aquel encuentro. Por la ventana, podían observarse las estrellas y la luna, arropados por un cielo oscuro como un manto negro. La noche ha sido eternamente sugestiva, la instigadora de las más excitantes experiencias. Nada realmente interesante ocurre antes del ocaso. Observó las canas plateadas asomarse sobre la cabeza con unas entradas en la frente más pronunciadas que cuando lo conoció, había arrugas bajo los ojos y en las mejillas. También podía ver las venas palpitantes en sus manos y el gesto anhelante de su boca, como si fuera el mismo de la época en la que estaba enamorado de ella. ¿Podría encontrar en aquellos labios la pasión perdida hacía tanto tiempo? Quizá todavía hubiera algo que salvar de esa relación. A su mente vino la imagen de él haciéndole el amor sobre su cama revuelta. Sus cuerpos se amalgamaban en un continuo abrazo que los envolvía y convertía en uno solo. El sudor de ambos se confundía encima de las sábanas. ¿Sería tan apasionado como se lo imaginó en aquel entonces o, al final, el tiempo habría dejado su huella? ¿Debería darle una oportunidad? Y, más importante, ¿debería ella darse una oportunidad?

Si bien hablaban sobre temas triviales, un segundo diálogo se desarrollaba tácito entre los dos de forma oculta, uno en el que sus cuerpos se encontraban, aunque sus palabras no lo hicieran.

—No puedo creer que te encontré hoy por casualidad —dijo él.

—Yo tampoco, por poco no salgo hoy. Por la mañana me sentía un poco indispuesta. Luego me atrasé haciendo el desayuno.

—De cualquier manera, me alegro mucho de haberte encontrado en ese cruce.

—Yo también, ¡tanto tiempo sin saber de ti! Los años pasan tan rápido…

—Después de aquella época, había perdido toda esperanza de verte de nuevo. Fue algo que sucedió tan de repente que no tuve ocasión de asimilarlo —le reprochó él.

—Lo sé, pero dadas las circunstancias no había otra opción posible —respondió ella excusándose.

Recapacitó sobre su soledad. Se veía aislada en su apartamento por el resto de su vida. Ya no era una mujer atractiva para la mayoría de los hombres, la generalidad la consideraba una «solterona». La expectativa de una vejez solitaria la atemorizaba. También carecía de amor, desde hacía mucho no tenía a su lado a un compañero. Extrañaba las caricias, el calor de otro cuerpo junto al suyo. Al mismo tiempo, pensó en la futilidad de la existencia, en lo efímera que es esta vida: «Dentro de unos años nadie se acordará de nosotros, ni siquiera nosotros mismos viviremos para siempre. —Pero pronto la voz de la razón volvía y se recriminaba por pensar de esa manera—. No se puede revivir el pasado —concluyó, experiencias anteriores le habían enseñado que cuando un amor termina, no es posible volver a él como si nada hubiera ocurrido—: Generalmente eso solo nos lleva a una mayor decepción —reflexionó—. De qué me sirve tener una noche de placer, si después despertaré de nuevo en la misma situación de antes, con el agravante de haber malogrado una oportunidad más de ser feliz, con la sensación de pérdida que nos deja el saber que hemos desperdiciado hasta nuestros dulces recuerdos en aras de una realidad inexorable».

Tenía la sensación de que, si hacía el amor con él, no lo vería de nuevo, quizás solo deseaba satisfacer el capricho de algo que no pudo ser para luego olvidarlo; pero a la vez ella deseaba consumar su amor, ese amor que había esperado tanto sin poderse realizar plenamente, aunque en la actualidad solo fuera un remedo de la pasión intensa que sintieron alguna vez. Sentía temor de cómo la vería ahora que su cuerpo había sufrido por el paso del tiempo, temor de desnudarse y no sentirse deseada como lo fue en el pasado. La pasión que él sintió fue tan grande que prefería recordarlo de esa manera. Le parecía que ceder a sus deseos sería ensuciar un recuerdo, el cual debería permanecer impoluto para siempre. En su mente, ya había tomado la determinación, ese día nada pasaría entre los dos.

Solamente un pequeño espacio los separaba. Se podían ver las piernas de ella sobresaliendo bajo su falda y la mirada de él recorriendo su cuerpo discretamente, vacilando entre acercarse más o mantenerse a distancia. Por fin, se acercó y la tomó de la mano. Sabía lo que eso significaba, deseaba estar con ella.

Al final, cuando él le acarició el talle con las manos y sintió sobre su cuello los labios húmedos, su vestido comenzó a deslizarse con lentitud. Liz no opuso resistencia.

LOS ESPEJOS

Un comerciante viajaba por los pueblos vendiendo mercadería. Un día decidió ir a un lugar en la selva donde no había llegado la civilización, estaba habitado por indios que vivían con sus costumbres ancestrales. Se le ocurrió llevar un cargamento de espejos, porque los nativos no debían conocerlos, y recordó haber escuchado que los españoles cuando vinieron a América trajeron espejos, los que canjearon con los indios por oro.

Después de atravesar muchos peligros y perder varios espejos, llegó a la aldea indígena que estaba buscando. Trató de cambiar los espejos por oro, pero los indios le dijeron que ellos no conocían el oro. Así que tuvo que aceptar lo único que pudieron darle aparte de hospedaje y comida, que eran cabezas reducidas. Él aceptó a regañadientes, pues no tenía otra opción. Cuando regresó a su ciudad natal, intentó vender las cabezas, sin embargo, allí nadie había oído hablar de algo así, por lo que fue juzgado por asesinato y condenado a muerte. Su nombre se encuentra ahora ligado a la mayor de las infamias y es considerado un asesino en serie.

LOS AMANTES

Fernando era bastante pequeño, parecía un boxeador de peso minimosca, pero sin habilidades pugilísticas. Su rostro cobrizo poseía rasgos que delataban su ascendencia maya, una nariz grande, aguileña, que le confería un aire autóctono; sus ojos negros, similares a cuervos, destacaban en un rostro oval, un pelo lacio, oscuro y una cicatriz que le cruzaba la mejilla, como si fuera un ciempiés, producto, según supe después, de una accidente que tuvo mientras viajaba a otra ciudad. Era una persona amable, de carácter dulce, de esas que nos hacen sentir cómodos cuando las conocemos. Tenía la sonrisa fácil, surgía de forma espontánea durante la conversación. Su habla era suave, no elevaba la voz demasiado y nunca parecía estar enojado, por lo que todas las personas que lo conocían lo querían de manera sincera. Su madre era una auxiliar de enfermería, que es como se llama a las enfermeras que no han cursado estudios universitarios. Su padre era uno de tantos irresponsables que abandonan a las madres de sus hijos una vez que se dan cuenta de que están embarazadas, se decía que vivía y trabajaba en otro poblado. Por muchos años, Fernando vivió en la costa, hasta que un día decidió probar suerte en la capital, se vino para la ciudad como cualquier inmigrante interno en busca de mejores horizontes, solo que en su caso no fue la búsqueda de trabajo lo que lo motivo, sino otras causas, según veremos más adelante. Recuerdo el día en que conocí al amigo Fernando Escobar, hacía ya varios años. Yo había viajado para visitar a mis primos en la zona costera del país, junto con mi hermano. Ese día hacía mucho calor, habíamos caminado por el muelle y conversado frente al mar. Cuando regresábamos a casa, nos lo encontramos andando cerca del parque central.

La brisa marina refrescaba un poco el ardiente calor tropical. La luz de los faroles alumbraba el parque. Las sombras anónimas se paseaban por las aceras semejantes a fantasmas en un sueño. Un par de prostitutas tempraneras estaban paradas cerca de un farol, una de ellas trataba de convencer a un posible cliente, sin que pudieran ponerse de acuerdo en cuanto al precio por el servicio. Las chicas se ruborizaron un poco al oír este comercio carnal y fingieron no haber escuchado nada.

Una figura pequeña apareció, caminando en sentido contrario al que seguíamos nosotros y uno de mis primos, Antonio, lo reconoció, dijo: «Allá viene Fernando». Todos fijamos nuestra vista en aquel hombre joven, pequeño, que no tenía nada de particular en su apariencia. Vestía un pantalón vaquero y una camiseta, atuendo muy común en esta parte del mundo, donde el clima es tropical cálido y húmedo, y se suda como si se hubiera hecho mucho ejercicio.

En la oscuridad de la noche no pude ver bien sus rasgos, pero su aspecto era el de un joven estudiante igual que la mayoría de los amigos que teníamos. Se acercó a nosotros y saludó a mis primos y después nos lo presentaron. Luego de los correspondientes saludos y cruzar un par de palabras, se marchó. Fue entonces que nos enteramos, aquellos que no lo conocíamos, de la peculiaridad del personaje en mención: «Fernando es una persona muy particular —nos dijo mi primo Juan—, él puede hablar con los muertos». Al principio nos pareció que nos estaba gastando alguna broma, mas al ver la seriedad de su expresión, comprendimos que lo que decía iba completamente en serio. Según mi primo y otros conocidos que lo habían tratado, tenía el don de ver a los seres que habían fallecido y hablar con ellos, cualidad que uno no se encuentra en personas todos los días. Tratándose de un individuo formal y veraz, los que tenían la oportunidad de conocerlo de cerca no ponían en entredicho la existencia de sus capacidades paranormales. Además, había dado muestras de su habilidad al informar a los deudos de algún familiar desaparecido con datos que nadie más sabía o de situaciones particulares que se podían verificar.

En una ocasión, pudo revelar a una familia angustiada, en qué lugar, el padre de familia, que había muerto recientemente, había dejado unos documentos importantes. Otra vez, una señora del interior lo buscó para que diera con el paradero de su esposo que había desaparecido, y Fernando le informó, muy a su pesar, de que su esposo había muerto. Luego, se confirmó el hallazgo del cuerpo en un cañaveral en el sur de la ciudad. De manera que muchas personas lo buscaban con el objeto de que los ayudara a resolver circunstancias relativas a sus deudos que ya habían partido en el viaje sin retorno.

El azar nos juntó en varias ocasiones, generalmente, en momentos en que salíamos con mis primos por la ciudad, que no era muy grande y donde no había muchos sitios de diversión, por lo que casi siempre coincidíamos, dados nuestros gustos similares para salir, en lugares tales como el cine local, las discotecas o en la playa. Normalmente hablábamos de temas mundanos, comunes y corrientes: los resultados del último partido de fútbol, la política nacional o la última noticia sobre una estrella de Hollywood.

El trato frecuente hizo que nos fuéramos conociendo, y con el tiempo ya hablábamos con gran camaradería. Fernando era de carácter llevadero, le gustaban las bromas y era alegre. Los demás jamás adivinarían su peculiaridad.

Durante otra visita a la pequeña ciudad litoral donde vivían mis primos, supe que Fernando se había marchado hacia la capital de la república, lugar donde residíamos mis hermanos y yo, no me supieron decir la razón de esa inesperada partida, pero no me pareció nada extraño, dado que era muy frecuente que los habitantes de una localidad pequeña como aquella salieran en busca de mejor fortuna, con el fin de estudiar o buscar trabajo.

Una vez ya en mi ciudad natal, me lo encontré, por casualidad, una tarde en un café que solía visitar. Yo había llegado con dos amigos, que después de compartir un rato ameno conmigo habían tenido que marcharse, pues otros quehaceres necesitaban de su atención.

Miré mi taza de capuchino, estaba a la mitad, por lo que

decidí quedarme un rato más. Yo pensaba en la posibilidad de comer un pan dulce o esperar a la cena, total, solo hacía falta un par de horas más. Mientras meditaba, mis dedos tamborileaban sobre la superficie de la mesa. La luz de la lámpara colgante alumbraba el centro de la misma. Todas las otras mesas estaban ocupadas en ese momento. Era la hora pico, una multitud pasaba por enfrente del café, aunque pocos se decidían a entrar.

En ese instante, lo vi entrar por la puerta que daba a la calle. Al verme, me saludó con la mano y se acercó a la mesa en la que me encontraba sentado. No era el mismo que yo había conocido tiempo atrás, anteriormente cuidaba de su apariencia, ahora llevaba el cabello largo y despeinado, una barba de varios días besaba sus mejillas y su aspecto, en general, era descuidada; lo que me hizo intuir que tenía algún problema o estaba enfermo.

—Hola, Fernando. ¿Cómo estás? —le dije extendiéndole mi mano para estrechar la suya.

—Así, regular —dijo después de estrechar mi mano mientras se sentaba en una silla.

Esa respuesta me hizo pensar que mi apreciación acerca de su estado no era falsa.

—¿Y eso? —pregunté un tanto preocupado.

—La verdad, no he podido dormir bien últimamente.

—¿Hay algo que te preocupa?

Su voz denotaba cansancio. Tenues arrugas transversales cruzaban su frente y una vena rebelde latía visible sobre su pómulo.

—Pues en realidad sí, mira, creo que puedo ser sincero contigo —dijo mientras acercaba su cuerpo hacia mí—. Desde que te conozco, has sido un buen amigo. No es fácil en ocasiones hablar de ciertas cosas, pero siempre lo he podido hacer contigo de manera franca y abierta.

—Claro, Fer, tú sabes que puedes contar conmigo para lo que sea. Si te puedo ayudar en algo, estoy a la orden —le dije de la forma más sincera posible.

Supe entonces que mi amigo iba a desahogarse conmigo, tendría alguna inquietud seguramente. Siempre había considerado a Fernando una persona feliz y sin problemas, pero eso es algo que puede cambiar de un momento a otro sin previo aviso. Antes de comenzar se pasó la mano por el cabello con lentitud.

—Sé que tú sabes, por lo poco que hemos hablado sobre el tema, que yo tengo la facultad de hablar con los muertos, no sé si eso es una bendición o una maldición, me inclino más por lo segundo. Algunas personas creen que es algo exótico, como si fuera una habilidad divina otorgada por Dios. Creo que sería mejor permanecer inconsciente del mundo espiritual que nos rodea. A veces hay cosas que es preferible no conocer. Ser ignorante hace, por lo general, la vida mucho más fácil.

Yo lo miraba atentamente, parecía una fantasía que yo estuviera hablando sobre un tema tan inusual con alguien que poseyera capacidades extrasensoriales. Nunca antes habíamos hablado detenidamente acerca de ello, solo se había mencionado de manera superficial en alguna de nuestras conversaciones, ya que a él no le agradaba mucho hablar acerca de sus habilidades.

—Durante toda mi vida, hasta donde soy capaz de recordar, para mí ha sido difícil vivir con este «don». Desde pequeño he tenido problemas de adaptación: cuando las visiones comenzaron, apenas yo tenía cuatro años, les decía a mis padres que veía una persona en la habitación, niños que me llamaban, etc. Ellos asumieron que tenía amigos imaginarios y no me creían. La mayoría de los adultos, como mis maestros en la escuela básica, me han tratado de manera diferente a los demás niños. Generalmente creían que yo inventaba cosas, que tenía mucha imaginación o que sufría de algún trastorno mental. He recibido burlas de mis compañeros de escuela desde siempre. La crueldad de los niños puede ser asombrosa en algunas situaciones.

—Comprendo, seguramente debió ser bastante complicado para ti.

En mi interior entendí lo que mi amigo tuvo que haber sentido en su infancia. Todos sufrimos en algún momento el acoso de parte de los demás niños en la escuela. Durante mi niñez había algunos chicos que disfrutaban haciéndome sufrir y esas experiencias, muchas veces, dejan marcas invisibles en nosotros.

—Sí, así es, por eso decidí no hablar más de lo que miraba y escuchaba, pero no fue nada fácil, muchas noches no podía dormir debido a las continuas presencias en mi habitación. Aun durante el sueño, las visiones no me abandonaban. Mis periodos de ensoñación eran de una lucidez absoluta, una continuación de mi vida diurna. Los espíritus, a los que podía mirar, me causaban terror al inicio. Sobre todo, si se trataba de personas mayores o cuando tenían una apariencia amenazadora. En ocasiones podía sentir una zona fría en la habitación mientras alrededor hacía calor.

»Con frecuencia las luces y los aparatos eléctricos se encendían sin previo aviso; los objetos se movían, a veces, sin que alguien los hubiera cambiado de lugar. Algunas presencias venían acompañadas de algún olor especial, como el de humo de cigarrillos, flores o el de gasolina. Al principio escuchaba murmullos o palabras aisladas que me asustaban. Posteriormente, se convirtieron en oraciones completas. Luego descubrí que también podía hablar con ellos si hacía un esfuerzo.

»Lo que ellos me decían estaba generalmente relacionado con sus familiares que aún vivían: alguna preocupación por estos, una promesa truncada o la inquietud por algún asunto inconcluso. Mientras iba creciendo, me fui habituando a vivir con esta condición, pero uno nunca se termina de acostumbrar a algo así. Al llegar a la edad adulta, comprendí que esta habilidad podía ser de utilidad e intenté ponerla en práctica ayudando a otras personas, aunque muchos se burlaban de mí o pensaban que no era más que un embaucador o farsante. Tuve que armarme de valor con el fin de soportar las persecuciones que me llevaron incluso a visitar las cárceles del país.

Era difícil imaginar cuán insólita era la situación de mi amigo. Experiencias como la que me estaba relatando harían que cualquiera cayera en la insania.

—Ahora mi problema es otro, uno más complejo, y no depende de mí solucionarlo. Hace unos meses, conocí el espíritu de una mujer joven que había muerto en la adolescencia. Ella dejó este mundo en medio de una enfermedad febril. Su muerte sumió a sus padres en la mayor de las desolaciones. Ellos me contactaron para que intentara comunicarme con ella, pues no se acostumbraban a su ausencia, y su madre, en particular, sufría mucho al pensar en el destino del alma de su hija, ya que esta antes de morir no manifestó su adherencia a la religión de sus padres. Yo logré comunicarme con ella, quien les manifestó a sus progenitores, a través de mí, que no se preocuparan, que estaba bien.

»Ellos insistieron un par de ocasiones más, hasta que lograron encontrar la resignación que les permitió aceptar la partida de su ser querido y volvieron por fin a su vida cotidiana. Yo, sin embargo, seguí comunicándome con ella, ya que al conocernos congeniamos inmediatamente y continuamos nuestro intercambio a diario. Cuando hablé con ella por primera vez, me pareció conocida, como una de esas personas que hemos encontrado por casualidad y cuya huella perdura en nuestra memoria.

»En un principio solo percibí esa familiaridad, sin poder ubicar el recuerdo en el lugar o en el tiempo; sin embargo, con el trascurso de los días pude recordar que ella había aparecido en varios de mis sueños. En una de las conversaciones que tuvimos, me confió que no tuvo, mientras vivió, ninguna relación sentimental, quizás porque murió muy joven. Yo a la vez le dije que, en mi caso, mi condición de clarividencia me ha mantenido en un estado de soledad autoimpuesta ardua de soportar para una persona normal.

»Me resulta difícil establecer una comunicación sana con una mujer, por lo que jamás he tenido una novia, las veces que lo he intentado he fracasado, precisamente debido a mi rara capacidad. Nunca antes había experimentado un vínculo tan agradable y gratificante con una persona viva, mucho menos con alguien que no lo estuviera. El problema ahora es que estoy profundamente enamorado y, como comprenderás, es la situación más complicada que puede haber en una relación sentimental: ella no está viva, yo en cambio sí lo estoy, no es posible para nosotros estar juntos, vivo esperando el momento de tener contacto con ella, y me obsesiona y angustia la idea de no volver a verla.

»En los últimos meses su presencia ha disminuido, hasta me vine a vivir a la capital, siguiendo a sus padres, que se mudaron aquí, con la esperanza de verla con mayor frecuencia, pero por algún motivo que desconozco su imagen se desvanece después de pasado algunos segundos de hacer contacto. Además, se han intensificado las visitas indeseables de espíritus a cualquier hora, sin que pueda evitarlo, quizás en parte porque estoy constantemente tratando de hablar con ella. Me gritan cosas tales como "mentiroso", "ella no quiere estar contigo", "déjala en paz", etc. Con frecuencia me despierto varias veces por la noche y me resulta imposible volver a conciliar el sueño.

Recibir visitas de espíritus indeseables todas las noches. Eso parecía una película de terror. ¿Cómo diablos habría alguien de acostumbrarse a ver fantasmas a diario?

—Mira, Fer, no sé qué decirte, la verdad, tu experiencia es tan fuera de lo común. Podría recomendarte que visites a un especialista de la conducta humana, un psicólogo quizás, pero, por lo que me has dicho, no sé si te sería de alguna utilidad.

—Gracias, Esteban, sé que lo dices de manera sincera. Sin embargo, veo improbable que un especialista, un psicólogo o psiquiatra pueda ayudarme. Ya lo intenté en el pasado y no dio resultado. Ahora, solamente me queda esperar a que esta situación mejore o, en el mejor de los casos, que termine. Mucho me temo que también acabe conmigo —dijo con aire de desconsuelo.

Yo me sentí inútil en ese momento, me pareció que nada ni nadie era capaz de ayudar a nuestro amigo, mas traté de hacerle pensar lo contrario.

—Yo creo que no hay mal que dure cien años.

Cuando estamos en problemas, a veces, no vemos salida al final del túnel, pero con el tiempo todo se arregla —acerté a decir.

—Es posible que tengas razón. Quizás esto pase, es solo que es tan difícil en este momento. Llevo varios días sin poder dormir, seguro que eso no ayuda.

No consideré que podía decirle algo que realmente pudiera ayudar. Daba la impresión de que nada ni nadie podría hacerlo, y eso es algo que crea una circunstancia compleja. Es como ver que un amigo se está ahogando en un lago y no poder lanzarle una cuerda para que se agarre a ella. Hablamos durante un rato más. No obstante, en realidad creo que no pude serle de ayuda. Al final, al despedirnos, él me dijo:

—Gracias, Esteban, en realidad solo quería desahogarme contándoselo a alguien. Sé que es difícil, pero haré lo posible por salir de esta situación.

Luego de dejar a Fernando, me sentí que estaba en un mundo irreal. ¿Cómo podía siquiera concebirse que alguien viviera algo como lo descrito unos instantes antes? Entonces pensé que los problemas que yo tenía no eran nada comparados con los de él. Yo había tenido desventuras amorosas, mas al menos los objetos de mi amor se encontraban en el plano terrenal. La literatura abunda de historias desgraciadas, de desamores y quebrantos. Sin embargo, creo que cuando Shakespeare escribió Romeo y Julieta no se le cruzó por la mente que pudiera haber amores imposibles similares al de Fernando; a ellos los separaban sus respectivas familias, pero, burlando la férrea vigilancia parental, pudieron consumar su amor; no así en el caso que nos ocupa, él jamás lograría tener contacto físico con su amada, ni siquiera podría aspirar a sostener su mano.

Me fui caminado por la calle en dirección a mi casa, reflexionando en la extraña situación, había amenaza de lluvia, los árboles silbaban con el paso del viento, aunque no llovía, densos nubarrones se cernían sobre el horizonte crepuscular.

En un mes no volví a saber de mi amigo, ni de su experiencia extraordinaria. Pensé que al fin, después de cada tormenta, sigue un periodo de calma. Quizás en el caso de Fernando esta sería la solución, así como lo es para aquellos que tienen conflictos en una relación común. El tiempo en ocasiones es engañoso, nos hace pensar que todo ha pasado cuando, por el contrario, a veces se gesta un peor escenario.

Un mes después, mientras estaba arreglando el desorden de mi cuarto de estudiante, recibí una llamada telefónica de mi primo Juan. Me dijo:

—Esteban, tengo algo que decirte, te vas a caer de espaldas cuando te lo diga.

—¿Qué pasó, Juan? Me tienes intrigado.

—Fíjate que Fernando, nuestro amigo, que poseía la capacidad de hablar con los finados, ha muerto. Murió ayer.

Para mí fue un duro golpe, como si alguien me hubiera echado un balde con agua.

—¡¿Cómo?! —le dije incrédulo—. ¡Eso no es posible, si apenas hace poco, un mes a lo sumo, hablé con él y no me mencionó que estaba enfermo o algo así!

—Pues sí, fíjate, no estaba enfermo… Fue una tragedia, un hecho inesperado.

—¡¿Pero cómo pasó?! ¡¿Cómo es posible?! —repliqué asombrado.

—Mira, se quitó la vida, lo encontraron colgado de una viga en su cuarto. Dejó una nota diciendo que moría por su propia voluntad, que lo perdonaran sus padres y familiares, pero que no podía seguir viviendo así.

De momento, lo sucedido fue arduo de aceptar. Siempre que muere alguien cercano es difícil habituarnos a su pérdida, más aún cuando la muerte ocurre de manera desprevenida, sin ningún aviso, como era el caso de nuestro amigo. En esa oportunidad pensé que, si yo hubiera podido ayudarle aquel día, quizás esto no hubiera ocurrido. Me sentí un poco culpable por lo que había sucedido. ¿Si hubiera...?, cuántas veces nos hemos hecho esta pregunta, como si fuera tan fácil modificar el pasado. No, nunca ha sido posible ni lo será.

El funeral fue muy triste, así lo es siempre que ocurre un deceso inesperado. Es más tolerable la partida de un ser querido si lo hemos visto luchar con una enfermedad. Nos da más tiempo para acostumbrarnos a su ausencia y hacernos a la idea de que ya no los veremos, pero si es un evento inesperado es más difícil. Su madre estaba desolada; su ataúd fue colocado en medio de la sala de su casa, hasta donde fueron familiares y allegados a presentar sus condolencias. En su féretro parecía un objeto más que una persona, la piel amarillenta, apergaminada, y un rosario de marcas moradas le cruzaba el cuello. Me imagino que eran las marcas del lazo. No había más vida en aquel cuerpo.

Su habitación quedó desierta. Tengo entendido que nadie ha vuelto a dormir en ella después del incidente. Yo me puse a pensar en lo que me había dicho la última vez que hablamos. Aún me parecía verlo frente a mí, relatándome sus experiencias y desdichas envueltas en el manto extraño de sus capacidades inusuales. Me pregunté cómo alguien podría soportar circunstancias tan insólitas, tan fuera de lo común. No sé si Fernando habrá alcanzado al fin la paz que buscaba, parece que la existencia en ciertos momento es muy dura para aquellos que se salen de la norma. La vida es cruel, a veces, en las elecciones que hace. Al fin y al cabo, no sabemos el porqué.

CONTROL

Cuentan que el dictador de Uganda, Idi Amín, tenía tal manía por controlar todo que mandó dirigir la hora en los relojes y los calendarios, de manera que, a menos que él lo ordenara, los días no trascurrirían, ni las agujas de los relojes se moverían. Todas las mañanas sus ordenanzas esperaban con expectación su mandato para pasar a un nuevo día y que los relojes siguieran andando.

UNA EXPERIENCIA CRUCIAL

Hay situaciones en nuestras vidas en las que algo tan inesperado ocurre que es difícil para nosotros afrontarlas. Notas discordantes que no forman parte del vivir diario, intentamos no pensar en ellas, ni siquiera como una posibilidad. A veces son tan desagradables que las exorcizamos de nuestra conciencia, tan terribles que si ocurren es muy difícil asimilarlas sin que algo dentro de nosotros cambie para siempre. Cuando llegan, nos vemos obligados a emplear todos nuestros recursos psíquicos con el fin de hacerles frente. Tal es el caso de un secuestro.

Lo habían raptado mientras se dirigía desprevenido a su trabajo, sin pensar que algo malo le pudiera suceder, como cualquier otro día de su vida diaria. Habían colocado un auto delante del suyo. Cuando él intentó retroceder, se dio cuenta de que había otro carro detrás que le impedía hacerlo. De ambos vehículos bajaron cuatro hombres que lo encañonaron con armas de asalto de grueso calibre y lo obligaron a bajarse y subirse al coche que tenían dispuesto para tal efecto, en el que había tres hombres. Lo sentaron en medio del asiento trasero mientras dos hombres lo custodiaban a ambos lados. Le ordenaron que permaneciera callado si quería continuar con vida y le bajaron la cabeza, de manera que solo podía ver sus propias piernas, por lo que no pudo reconocer hacia dónde lo llevaban. Hacía calor, el sudor le corría por la cara y caía sobre su pantalón. Podía oler el hedor fuerte que despedían los cuerpos de sus captores. Todo parecía un sueño como si estuviera viendo una película. Pero no, era real, era algo inimaginable. Unos minutos antes iba en su carro despreocupado, pensando en cosas triviales, y ahora estaba en esta situación. Los minutos parecían durar horas. Después de un tiempo, que le pareció eterno, le hicieron bajarse en un lugar desolado, a la orilla de la playa, que no pudo reconocer. Sin intercambiar palabras, le ordenaron que los siguiera y que no hiciera ningún movimiento en falso. En caso contrario, lo matarían. Lo condujeron hacia una lancha de motor. Se sentía como si fuera una oveja llevada al matadero sin oponer resistencia. El sol brillaba sobre su cabeza y la brisa marina le revolvía los cabellos. Tres de los hombres abordaron la lancha con él, tuvo tiempo de observarlos durante el trayecto. Uno tenía una panza prominente, aunque el resto de su cuerpo era delgado, de rostro aindiado, cabello corto y liso, de puercoespín, de ojos rencorosos. Denotaba una total falta de empatía. El segundo era mulato, alto, delgado, de cabellos rizados, parecía siempre tener el entrecejo fruncido. El tercero trigueño, con barba incipiente y la piel quemada por el sol; tenía mucho bello en el cuerpo, una mandíbula prominente y el *filtrum* o surco subnasal, entre sus labios y la nariz, muy amplio, de manera que poseía un aspecto simiesco. Los tres cargaban en sus miradas el peso de la maldad que estaban por realizar. Él no los había visto nunca antes, o al menos eso creía, y desconocía por qué razón lo habían secuestrado; pero no le quedó otra opción que obedecer. Debía tratarse de un error, pensó. No era posible que alguien deseara hacerle daño. Tampoco era una persona adinerada, carecía de recursos para pagar un rescate. Esperaba que todo se aclarara, y ellos se dieran cuenta de que habían cometido un error y lo dejaran libre, pero esto no ocurrió.

Ellos callaban, callaban sin expresar emoción alguna. No parecían aficionados, pues actuaban con extrema precisión, como si de antemano supieran cada paso que tenían que dar. Él asistía a lo que le estaba ocurriendo como si se tratara de un sueño. Se limitaba a obedecer con la esperanza de que esta pesadilla terminara pronto. Podía observar sus rostros carentes de sentimientos. Lo trasportaban tal cual si fuera un paquete que hay que llevar de un lugar a otro, una cosa, no un ser humano. Pensó que para ellos esto era solo un día de trabajo más, algo sin importancia, para él, en cambio, era todo, su vida entera estaba en juego. No sabía qué esperar. La angustia lo inundaba, y el terror se apoderaba de su mente.

La lancha se dirigió mar adentro, hasta que desembarcaron en un lugar lejano y aislado. Allí lo ataron concienzudamente de pies y manos. Sintió que la soga lo lastimaba mientras le apretaban fuertemente las muñecas. La falta de circulación de la sangre le causaba dolor y malestar. Después cavaron un hoyo en la playa, lo suficientemente grande como para que en su interior cupiera un hombre. Fijaron su cuerpo a la arena antes de enterrarlo casi por completo, de manera que solamente sobresalía su cabeza sobre el suelo. Él había rogado por su vida, implorando que tuviesen compasión de él y de su familia, que lo esperaba en casa. Su desesperación era mayúscula en ese momento. Nada de lo que dijo parecía tener efecto alguno en los perpetradores. No mostraban la más mínima señal de piedad. No podía creer que hubiera personas tan inhumanas como para hacer algo así.

Su situación era una de las más terribles que es posible imaginar. Estaba totalmente inmovilizado. Aparentemente, ellos esperaban que tuviera una muerte atroz cuando la marea subiera y lo ahogara. Después de asegurarse de que no podría liberarse de su enterramiento, lo dejaron abandonado. Se marcharon en la lancha, sin decir nada, como si se tratase de una tarea habitual que hubieran de ejecutar cotidianamente, sin molestarse en darle explicación alguna de lo que pasaba o por qué lo habían hecho.

La lancha se alejó con lentitud mar adentro. Su imagen se hacía cada vez más pequeña, hasta que por fin desapareció de su vista. Por un momento se sintió a salvo de sus torturadores al ver que se habían marchado. Cuán insensato fue al sentirse libre por el simple hecho de que se hubieran ido. En realidad, fue cuando su verdadera tortura comenzó.

En el momento en que le pareció que sus raptores se encontraban muy lejos para escucharlo, gritó tan fuerte como le fue posible pidiendo ayuda, pero, después de esperar por un buen rato, nadie acudió. Solamente los sonidos de la naturaleza, las ramas de las palmeras y el rumor de las olas contestaron a su llamada desesperada. El lugar donde se encontraba era extremadamente remoto. Era muy poco probable que alguien lo encontrara en esa playa rodeada de selvas tropicales vírgenes, cuyo suelo probablemente nunca había sido hollado por los pies de miembros de la civilización.

Era todavía de día. El sol inclemente le quemaba la piel y lo impelía a cerrar los ojos para evitar el resplandor sobre el mar y la arena del litoral. Arriba las aves hacían giros en el aire y se impulsaban con sus alas llevadas por el viento. La arena de la playa continuaba con un color crema pálido, hasta confundirse con el azul del agua del mar. Las olas se levantaban unos metros detrás del límite del litoral con imperiosa urgencia. En el borde donde se encontraba, la espuma que hacía el agua al hacer contacto con el suelo firme parecía algodón móvil, que se acercaba de pronto y se alejaba poco después. En otras circunstancias, este habría sido un escenario perfecto para gozar de una tarde de placer. Sin embargo, en su caso esta no era una oportunidad para disfrutar de las bellezas de la naturaleza, sino por el contrario una circunstancia de angustia extrema.

Dentro de su tumba de arena, podía sentir la humedad del suelo que se filtraba a través de su ropa y envolvía su cuerpo. Su cabeza, en cambio, sufría el calor insoportable que los rayos del sol le causaban. Trató de mover sus manos, que estaban atadas firmemente con un lazo que, además, rodeaba su cintura, de manera que, al moverse una, jalaba la otra. Finalmente, otro lazo unía la atadura de sus manos con el cuello, al que rodeaba. Lo que le provocaba asfixia si intentaba mover los brazos. Sus pies estaban atados de la misma manera, y de esa atadura corría un lazo atado con la de sus manos. Sus pies se encontraban fijados a un contrapeso de metal pesado. Se dio por vencido, no podía moverse por más que lo intentara. De persistir, lo único que lograría sería apresurar su muerte. No sabía qué podía haber hecho para hacerse merecedor de una situación semejante. La desesperación se apoderaba de su mente, como una plaga se adueña de una comunidad. El terror más absoluto lo invadió al darse cuenta de lo terrible de su condición. No había ninguna persona cerca que pudiera rescatarlo, aunque en su interior quisiera creer lo contrario. Cuanto más pasaba el tiempo, más improbable se volvía la posibilidad de encontrar ayuda.

Apenas podía respirar, sentía un alto grado de asfixia. La arena aprisionaba el pecho, su corazón palpitaba con rapidez, probablemente debido a la angustia que lo invadía. Pensó en su familia, su esposa y su hija, ¿qué sería de ellas? Posiblemente, no volvería a verlas jamás. Lo que estaba viviendo era inimaginable. Ni en sus peores pesadillas podría haber soñado con una situación tan terrible, tan absolutamente atroz.

Con el paso de las horas, la marea iba subiendo lentamente hasta casi llegar donde estaba. Las olas iban y venían de manera amenazadora, avanzando muy lentamente hacia él. Su desesperación fue mayúscula. Llegó el instante en que las olas salpicaron su cuello y barbilla. Pronto alcanzaron su boca y nariz, dificultando su respiración. Cuando bajaba la marea, podía respirar; si subía, la retenía. El terror se apoderó de su mente. Faltaba poco para que las olas lo cubrieran por completo y lo ahogaran. Luchaba por respirar, como quien se aferra a una última tabla de salvación, hasta que le fue materialmente imposible seguir inhalando sin introducir agua en sus pulmones. Entonces contuvo la respiración con una última bocanada. Ya había abandonado toda esperanza de salvarse. En un instante, los eventos más importantes de su vida desfilaron por su mente, como si fuera una película sin sonido: su infancia, juventud, su matrimonio, todas las cosas importantes que habían ocurrido en su vida pasaron ante él. Un sentimiento de resignación lo invadió por un segundo al verse en una situación que no podía superar.

Entonces ocurrió un milagro imprevisto, una corriente arrastró una caña que quedó cerca de su cara. Como pudo, la alcanzó con su boca y logró respirar a través de ella. Llegó en el instante justo para evitar que se ahogara. Gracias a esta, el aire pudo ingresar a sus pulmones mientras la marea cubría completamente su cabeza. Con mucha dificultad continúo respirando a través de la caña, que se movía en un vaivén con el oleaje. Le ardían los ojos debido al agua salina del mar, razón por la que tuvo que mantenerlos cerrados durante largo tiempo. El sonido de las olas penetraba junto con el agua a sus oídos, creando un sonido monótono, mientras, se esforzaba por respirar.

Esta situación duró varias horas, que le parecieron eternas. En algunos ocasiones el agua entraba por las comisuras de sus labios. El temor a que la caña se saliera de su boca lo tenía en continua expectación. El flujo a través de ella era lo único que lo mantenía con vida. Por un instante temió que el agua cubriera la caña, pero afortunadamente no subió tanto. Por fin, la marea comenzó a bajar. El proceso inverso al que había ocurrido siguió su curso: primero, sus cabellos; después los ojos, la nariz, hasta que todo su rostro se vio libre.

Cuando al fin se sintió a salvo, comenzó a gritar de nuevo con el fin de ver si alguien lo escuchaba, aunque sabía que estaba en un lugar deshabitado, la esperanza es lo último que muere. Calló para ver si escuchaba algo: todo era silencio, nadie respondió a sus desesperados gritos.

El crepúsculo se asomaba en el horizonte. Luces de colores anaranjados fluían en el cielo, dándole al paisaje un aspecto irreal. Las olas ahora tomaron un color oscuro en la parte que caía y escarlata en la parte superior. Podía saborear la sal en sus labios que el viento traía a su rostro. Le ardían un poco los ojos debido a la presencia de sal que permanecía en ellos. Sintió frío en sus miembros y el resto de su cuerpo, también dolor en sus muñecas y en el cuello. Seguramente en la desesperación había estirado las manos, tratando de librarse de la soga sin darse cuenta. La oscuridad caía sobre la playa, llevándose sus últimas esperanzas de que alguien lo escuchara y lo rescatara. Ahora sintió una sensación de desolación, junto al temor generado por la incertidumbre acerca de lo que podría pasar. No sabía cuánto más podría resistir.

De pronto vio que algo se acercaba. Eran como pequeñas plantas que se arrastraran sobre el suelo y se dirigían en la dirección en que él se encontraba. No estaba seguro de si serían reales o simplemente una ilusión provocada por el reflejo de la luz sobre la arena. Pequeños al principio, su tamaño iba aumentando a medida que se acercaban. Con los últimos reflejos del sol sobre la arena de la playa, pudo ver que eran varios cangrejos que se acercaban hacia su cara. Parecían enormes desde su perspectiva al borde de la rivera. Sintió pánico y gritó aterrorizado ante la perspectiva de servir de alimento a los crustáceos que se aproximaban a su rostro cada vez más. Sus alaridos se perdían en el espacio vacío.

Cuando presentía lo peor, escuchó detrás de sí un murmullo de voces que se acercaban. Los hombres, que eran dos nativos, al escuchar el ruido vinieron hacia él, lo desenterraron y desataron. Tenía la piel de las muñecas desgarrada, los tobillos amoratados, todo el cuerpo entumido, su rostro estaba completamente quemado por el sol y la sal. Había sufrido lo indecible, pero al fin había salido de aquel suplicio.

EL COMETA

El anciano rey Harald había estado enfermo durante las últimas semanas. Una mañana apareció un cometa, una estrella con larga cabellera en el cielo. El monarca hizo llamar a su mago principal y le preguntó si esta aparición significaba algún augurio para él o para su reino. El mago le respondió: «Ese cometa significa que tu hora ha llegado». A la mañana siguiente el rey había muerto.

AMOR ETERNO

Asesiné a mi amada porque el amor, el nuestro, abría una trágica herida en mi memoria. Su sombra viene, indefectiblemente, a visitarme todas las noches a mi celda.

LAS RATAS

Adrián tomó el desayuno que consistía en una taza de café y pan dulce, como todos los días a las 06:00. A esa hora los miembros de la familia estaban levantados y bañados. Los chicos se preparaban para ir a la escuela. El bus pasaba a por ellos de lunes a viernes, por las mañanas, a la misma hora. Su madre se encargaba de llevarlos a la parada por temor a que algo malo les pudiera pasar.

Encima del mueble de la cocina había excremento de ratas.

—Todavía hay ratas —dijo Adrián mientras ojeaba el periódico—, tendré que comprar veneno al regreso del trabajo.

Ellos habían intentado varias soluciones al problema; pero hasta el momento nada había dado resultado.

—Sí, podrías pasar por el supermercado. Parece que el cebo de la semana pasada no funcionó. Deberías comprar de otra marca. Julia lucía un poco cansada esa mañana. El día anterior no había dormido bien. El doctor le había recetado Ativan, un ansiolítico para dormir; mas, después de tomarlas, a la mañana siguiente se sentía decaída, por lo que estaba pensando en dejarlo.

—Lo haré cuando regrese del trabajo, solo espero que no se me olvide. Ya no sé qué hacer con esas ratas, parece que nunca se vayan a marchar.

—Apúntalo en tu agenda para que no se te olvide. Julia imaginó las ratas corriendo por toda la casa y riéndose de ella. A veces, cuando las veía, hacían un ruido parecido a una risa, algo que sonaba más o menos así: «Ji, ji, ji, ji». Le parecía que se estaban burlando. En cierto momento trataron de eliminarlas con trampas, pero aparentemente pronto aprendieron a evitarlas. Luego trajeron un gato, el cual no mostró interés en perseguirlas, antes daba la impresión de estar atemorizado por ellas. El veneno había sido su última opción, con el inconveniente de que las encontraban muertas en los lugares más inesperados. Se enteraban de su presencia por el mal olor, debido a su avanzado estado de descomposición. Sin embargo, cuando creían que estas habían desaparecido, siempre regresaban, así que no sabían qué más hacer.

—Mirá —dijo Adrián mientas sostenía el periódico—, según el Gobierno, el índice de muertes violentas en el país ha caído de veinte a dieciséis diarios. El detalle es que nadie se cree las cifras oficiales. Los hechos los desmienten.

—Sí, desde que el Gobierno maneja sus propias cifras, y no un organismo independiente, no son creíbles.

—Aquí aparecen las fotografías de los muertos en el tiroteo del billar de anoche —dijo Adrián mostrándole el periódico.

En la primera plana del diario aparecían fotografías bastante explícitas de una masacre en un billar que había dejado un total de doce muertos. Según la información, los atacantes disfrazados de policías entraron al lugar y comenzaron a disparar con armas de asalto. En una de las imágenes aparecían policías en la escena del crimen y curiosos detrás de los cordones de seguridad en las inmediaciones del sitio. En otra podían verse varios de los asesinados tirados sobre el suelo. Otra más mostraba una mujer llorando sobre el cadáver de un hombre que yacía encima de la paila de un pick-up.

—Qué horror, no dejés eso al alcance de los niños, por favor —dijo ella.

—Claro que no, al terminar de leerlo lo botaré a la basura. Es hora de irme. —Colocó el diario arriba de la refrigeradora, se apresuró a tomar su maletín y se dirigió hacia el garaje. Puso el motor del carro en marcha y se fue a su trabajo.

Julia sabía que le esperaba otro día como cualquier otro, encerrada dentro de su casa, tal cual si estuviera en una prisión.

Julia había desistido de salir de su vivienda haciendo uso del trasporte público. En su caso, como en la mayoría de hogares de clase media, había un auto que se usaba en las ocasiones en que deseaban salir. Los pequeños no podían ir solos a la calle, más allá de los portones, por temor a que les pasara algo malo o fueran secuestrados.

Julia se quedaba en casa la mayor parte del tiempo. Antes, cuando los niños aún eran bebés, tenía que atenderlos y cuidarlos todo el tiempo. Ahora el sistema educativo se encargaba de ellos hasta que regresaban a su residencia a mediodía, por lo que ocupaba su tiempo por las mañanas haciendo las labores del hogar mientras veía los programas en la televisión o chateaba con sus amigas. Hubo un tiempo en que trabajó en una empresa local, pero, después de nacer su primer hijo, la despidieron, por lo que decidió dedicarse solo a su hogar. Nancy tenía ocho años y estaba en segundo grado; Carlitos, de seis, apenas había ingresado al kínder.

Las ratas con frecuencia salían a plena luz del día, lo que asustaba mucho a sus hijos y a ella. Habían tratado de exterminarlas. Sin embargo, siempre quedaba más de alguna. Pronto aparecían de la nada, con sus asquerosas colas largas y cuerpos grises en los momentos más inesperados. Si no las veían, adivinaban su presencia por los excrementos, comida o ropa roída. Su apetito parecía insaciable: les gustaban las verduras, los granos, legumbres, alimentos con proteínas como la carne y los huevos, prácticamente toda la comida, incluida la del perro, ropa y muebles. Si ellos dejaban los víveres guardados en recipientes, ellas buscaban la manera de acceder a ellos.

Esa noche, cuando Adrián regresó, trajo consigo el veneno del que habían hablado en el desayuno y lo colocó encima de la mesa pequeña del espejo que estaba al lado de la puerta de entrada de la casa. Se tiró sobre el sofá de la sala de estar, entretanto se quitaba los zapatos. Colocó un cojín en su espalda baja. Luego tomó el periódico del día, que no había terminado de leer en la mañana, y se puso a ojearlo mientras esperaba la cena. Julia estaba preparando un filete de pescado, uno de sus platos favoritos; podía sentir el aroma que venía desde la cocina. Julia agarró uno de los filetes y lo colocó en el aceite caliente. Al contacto con este, el pescado produjo el sonido característico de la fritura y el olor inundó la cocina. Sin despegar la vista de la estufa, se dirigió a su esposo:

—¿Cómo te va con tu jefe?

—¿No sé por qué preguntás? Ya sabés la respuesta: sigue jodiendo como siempre.

—Pensé que algo podría haber cambiado.

—No, sigue siendo el mismo cabrón. No hay quien lo soporte, pero da igual, tenemos que aguantarlo.

—¿Hizo algo malo hoy?

—Sí, hoy le gritó de nuevo al jefe de compras por algo que no le pareció bien.

—¿No habrá alguien que lo ponga en su sitio?

—No mientras siga el mismo Gobierno. Tiene padrinos entre los poderosos.

El ambiente en el trabajo no era en absoluto agradable. Sin embargo, era el único medio que Adrián tenía para pagar los gastos de su hogar y por eso lo soportaba.

Al día siguiente, ocurrió el mismo escenario que el anterior: había excremento de ratas, esta vez cerca de la estufa. Julia le recordó a Adrián que colocara el veneno, ya que el día anterior se le había olvidado. Esa noche, después de regresar del trabajo, esparció la carnada sobre todos los lugares probables donde los roedores pudieran comerlo. No fue tarea fácil.

Cuando terminó de colocar el veneno, decidió tomarse un refresco, fue hacia la refrigeradora y cogió una soda. Se sentó a ver las noticias en la televisión. De pronto, su hija Nancy salió corriendo desde su habitación hacia la sala de estar. Su rostro reflejaba terror.

—Papá, papá, hay una rata en mi cuarto —Nancy lloraba al mismo tiempo que acudía a los brazos de su padre. Al llegar a él lo asió por el cuello.

—Calma, mi amor, ya voy.

Adrián se levantó de su sillón, dejó a la niña con su madre, quien al oír los gritos había acudido a ver qué pasaba, y fue hacia el cuarto de la niña. Tomó una lámpara en la mano izquierda y un palo en la derecha. Al principio no vio ninguna rata, la habitación estaba en silencio y no había movimiento. Luego de registrar por toda la estancia, bajo la cama encontró lo que buscaba, una alimaña enorme, estática, que lo miraba con sus ojos rojos debido al reflejo de la luz de la lámpara sobre ellos. Al tratar de atizarla con un palo, esta corrió y se escabulló por atrás del ropero de la niña. No se dio por vencido y movió el mueble, sosteniendo en alto el garrote. La rata había quedado atrapada en la esquina que formaba el ropero, la pared y el suelo. Esta vez sí tuvo suerte, le dio un golpe con el palo que la mató al instante, al menos eso parecía. Para asegurarse de que no seguía viva, le dio un segundo golpe. Comprobó que no se movía. Luego la agarró por la cola con un pedazo de papel y salió del dormitorio hacia la sala. Allí lo esperaba su esposa y sus hijos, que abrieron los ojos al observar la rata que colgaba sin vida de la mano de Adrián.

—¡Oh, no, qué asco, no puedo ver eso! —dijo su esposa al mismo tiempo que cerraba los ojos y volteaba la cabeza hacia otro lado. Los niños se aferraban a su falda y la miraban aterrados.

Adrián salió de la casa y tiró el despojo en el basurero que estaba colocado al lado del poste del alumbrado público. Escenas como esta se repetían de vez en cuando en su hogar, pero ellos nunca terminaban de acostumbrarse.

Al regresar al interior, en la entrada de la puerta dijo con un poco de alivio:

—Por lo menos, esta no se escapó.

—Lo malo es que hay muchas más, no sirve de mucho matar una —respondió Julia.

—No hay que ser tan pesimistas. Al menos para esta fue el final.

—Me da pesar que los niños tengan que soportar esto. Viste la cara de Nancy, creo que esto puede causarle un trauma. A veces no puede dormir por miedo a que una rata se meta en su cama. Debe haber consecuencias psicológicas a largo plazo.

—No me digás eso, ya me preocupaste. No quisiera que nada les pasara a los niños.

—Es la verdad, su profesora de la escuela me dijo que no está rindiendo como debería, bajó las notas este parcial.

Su hija había tenido un bajo rendimiento escolar desde que ingresó al primer año de la escuela elemental. La maestra había llamado la atención de Julia acerca de este hecho. La conclusión más probable es que se debiera a que no podía dormir por el temor a las ratas.

—¡Qué barbaridad, y pensar en todo el dinero que cuestan esas escuelas bilingües y que la niña no esté aprendiendo! Por otro lado, me preocupa que ella o Carlitos puedan sufrir daño psicológico debido al miedo.

—Pero ¿qué podemos hacer? No podemos irnos de esta casa, ni siquiera hemos podido pagar el alquiler este mes debido al gasto imprevisto de la reparación del carro.

—Lo sé. Además, debemos lo de las tarjetas de crédito. Siento que estamos atrapados aquí.

Ella se dio cuenta de que la preocupación de su marido iba en aumento. Cuando esto sucedía, se ponía malhumorado y no podía dormir, así que se acercó e intentó calmarlo.

—No digas eso, amor, ya verás como todo se soluciona.

Él la miró pensativo. Sin embargo, no dijo nada. Ella sabía que esa podría ser una larga noche para los dos. Nancy no quiso volver a su habitación, así que tuvieron que dejarle un lugar en la cama del matrimonio. Carlitos, su hijo, tampoco aceptó quedarse en su cuarto y terminaron todos durmiendo en la misma habitación. Colocaron a Nancy entre ellos y Carlitos al lado de su madre.

—Cierra la puerta, papá, por favor. Si no, no puedo dormir — dijo Nancy, cubriéndose el cuerpo hasta la barbilla con la sábana de la que sobresalían sus pequeñas manos.

—Claro, hija, no te preocupés —respondió Adrián, levantándose de la cama, con los pies descalzos, a ponerle llave a la cerradura. Al hacerlo, pudo sentir el frío del suelo bajo las plantas de sus pies. Luego regresó al lecho y apagó la luz de la lámpara de noche. Pronto la estancia quedó en silencio.

LAS ALMAS GEMELAS

Sócrates y Platón, alumno del primero, llegaron a compenetrarse tanto que hasta se parecían físicamente. Si alguien veía a Sócrates, con frecuencia pronunciaba el nombre del otro por error. Lo mismo ocurría cuando alguien miraba a Platón.

Cuando Sócrates fue condenado a muerte por conspiración de sus enemigos poderosos de Atenas, Platón se negaba a aceptar el destino de su maestro. En el momento final en que Sócrates se disponía a tomar la cicuta, Platón se abalanzó sobre este y le quitó de la mano la copa, que ingirió rápidamente sin que este pudiera hacer algo por impedírselo. Al regresar el soldado que guardaba la cárcel, vio a Sócrates llorando sobre el cadáver de Platón. Pensó que Sócrates había muerto.

De manera que todos los escritos que actualmente atribuimos a Platón, en realidad, fueron escritos por Sócrates.

LA PROFESORA

La profesora de una de las escuelas más pobres del país les decía a sus alumnos: «Deben desayunar bien todos los días, el desayuno es el tiempo más importante». Uno de los pequeños pensó:
«¿Qué significa desayunar?».

EL GATO TIENE SIETE VIDAS

Las cárceles de Honduras se han caracterizado históricamente por el hacinamiento de los presos, lo que conlleva la violación de sus derechos básicos. Las personas penalizadas mantienen un autogobierno en el que ellos controlan lo que ocurre en el interior de las penitenciarías, llegando incluso al punto en que unos reclusos tienen el poder de decisión sobre la vida de otros. Existe una constante lucha por parte de bandas criminales por el control del tráfico de narcóticos, armas y otras actividades ilícitas. Esta lucha se ve reflejada en asesinatos constantes, posesión de armas de fuego y cortopunzantes, así como el consumo de drogas y alcohol entre los internos. La falta de control por parte de las autoridades permite que esto suceda e impide una adecuada prevención de hechos ilegales.
Desde el interior de las cárceles, se planean y dirigen todo tipo de delitos en el exterior: tráfico de drogas, sicariato, extorsiones, secuestros, etc., de manera que la

ciudadanía no está a salvo de las acciones de los privados de libertad, pues estos dirigen muchos de los actos criminales que ocurren fuera de la prisión. También son comunes los incendios, premeditados o no, motines y tomas de centros por parte de los internos y las fugas masivas. Los guardias penitenciarios son proclives al soborno, por lo que a diario ingresan armas de fuego, drogas y bebidas alcohólicas a las prisiones. Los muertos en incendios en prisiones hondureñas representan el cuarenta por ciento del total de reos muertos en América Latina en las últimas décadas por esa causa.

Fue un 4 de junio, ya hace muchos años, cuando ingresaron dos convictos a la penitenciaria central. Uno se llamaba Ramón Plata. Había acabado con la vida de cinco personas, aunque se creía que podrían ser más. Varios testigos oculares lo habían identificado como el autor material de los hechos cruentos.

El otro, Raimundo Pereira, era más conocido con el sobrenombre del Dundo, había sido condenado por la muerte de su hermana; esta fue encontrada con la cabeza destrozada en la casa donde ella y Raimundo dormían esa noche. De nada sirvieron las protestas de la madre de ambos hermanos. No bastó que dijera que Raimundo era incapaz de matar a nadie, pues era lerdo de nacimiento y, por lo tanto, inofensivo. La Policía de investigación de aquella época se caracterizaba por emplear la tortura como medio preferido para obtener la confesión de los sospechosos, de manera que, aunque alguien fuera inocente, no tardaba en confesar sus delitos y los ajenos. En particular se ensañaban con los sospechosos de pertenecer a grupos subversivos, muchos de los cuales, después de ser aprehendidos, desaparecían sin que se volviera a saber nada de ellos.

En el caso de Ramón bastaron los testigos para condenarlo. Él no pretendió negar los hechos al ser confrontado con el verdugo, pero sí cuando fue presentado en los tribunales de justicia. De todos modos, de nada le sirvió negar los asesinatos. Raimundo requirió de un poco de tortura, mas no tardó en confesar todo lo que quisieron atribuirle; su idiotez natural y su carencia de medios económicos no le permitió defenderse apropiadamente. En el tribunal siguió repitiendo que había matado a su hermana, quizá por temor a que lo siguieran torturando, y fue condenado también.

Ramón odiaba particularmente a los miembros de la mara de los Malignos. Varios secuaces de esta pandilla habían dado muerte a su padre y a su hermano, por lo que había jurado vengarse de ellos. En la prisión había otra mara, la de los Temerarios. Ambos grupos delictivos mantenían una guerra urbana permanente por el dominio de barrios y colonias en las que cobraban el mal llamado «impuesto de guerra», que no era nada más que el cobro de extorsión a los negocios locales.

Antes de entrar en la cárcel, Ramón asesinó a varios adversarios y, aunque estos trataron de matarlo varias veces en enfrentamientos armados, no lo pudieron hacer; por esto le llamaban el Gato, haciendo alusión a las siete vidas que este animal, según aseguran, tiene.

Ambos hombres tenían una apariencia similar: de estatura más bien alta y rasgos típicamente indígenas. Pero allí acababa la semejanza, Ramón era un hombre temible y feroz, mientras que Raimundo era un tonto, el hazmerreír a los ojos de los demás. Sin embargo, algunos reclusos los llamaban los gemelos, pues, aparte de su parecido físico, habían entrado en la cárcel el mismo día. Esto era algo que no le hacía mucha gracia a Ramón.

El presidio era un lugar inseguro, donde la población penitenciaria vivía en condiciones de hacinamiento, debido a la sobrepoblación, alrededor del trescientos por ciento. Las autoridades locales, una vez establecida la sentencia condenatoria, se limitaban a arrojar en la prisión a los convictos y abandonarlos a su suerte. No se esperaba que las expectativas de vida de los confinados fuera muy alta, las matanzas entre grupos y los crímenes selectivos eran el pan de cada día. El tráfico de drogas y armas agravaba la situación: si se contaba con el dinero y la influencia necesaria, podía obtenerse cualquier droga o arma de fuego que se deseara. Además, los carceleros temían a los internos, pues sabían que si estos lo deseaban podían acabar con sus vidas en cualquier momento, dado que en su mayoría formaban parte de bandas con tentáculos dentro y fuera del penal.

Al ingresar, ambos fueron asignados al mismo pabellón, que dominaban los miembros de la mara los Temerarios, a la que pertenecía Ramón. Este recinto estaba separado por una valla de aquel en el que permanecían los Malignos, ya que ambos grupos no podían convivir sin matarse entre ellos. El Gato fue recibido como un héroe por sus compañeros. Era uno de los líderes y era considerado el más peligroso por su conducta violenta; el Dundo, por su parte, era más bien un advenedizo que encajaba en cualquier lugar y había ido a parar allí por azares del destino.

Tal cual era de esperarse, la conducta violenta del Gato le ocasionó problemas con la seguridad de la cárcel. Fue enviado a una celda de aislamiento, más conocidas por los internos como «leoneras». Allí había poco espacio para moverse y los barrotes les recordaban a sus inquilinos, a cada momento, que no eran hombres libres. Cuando lo llevaron a la celda de castigo, Ramón se la pasó renegando de su suerte. Sabía que, al estar aislado de sus *homies*[9], no tendría protección y sería un blanco fácil para sus enemigos. No se equivocaba, al siguiente día dos hombres vinieron hacia la celda, llevaban un arma para acabar con la vida de Ramón, pero él los estaba esperando e hizo fuego sobre ellos antes de que intentaran dispararle. Los dos cayeron heridos, uno murió instantáneamente y el otro horas después en la enfermería. No se supo cómo el Gato se dio cuenta de que vendrían a asesinarlo. Quizás al haber dado muerte a tantos vivía en estado de aprehensión permanente; tampoco se estableció el medio por el que obtuvo el arma, lo cierto es que una vez más le hizo honor a su sobrenombre. Esta hazaña aumentó el perfil criminal que tenía y, al menos de manera nominal, agregó años a su ya larga condena de cadena perpetua.

En general, el Gato no tenía mala voluntad con el Dundo, a diferencia de los demás presos que se burlaban de él y lo enviaban a hacer pequeños mandados, como comprar refrescos o traer cigarrillos, salvo en aquella oportunidad desafortunada que todos recordaban. Fue un mediodía de tantos, hacía mucho calor, que era trasmitido por las láminas de zinc, como si se tratase de una hornilla caliente cocinando una fritanga. Los reclusos sufrían el calor con resignación, la mayoría se había quitado la camisa y el sudor les corría libre sobre los torsos desnudos llenos de

---

[9] Compañeros de mara.

cicatrices que ellos lucían con orgullo. Ramón estaba de mal humor, debido al calor. «Maldito calor —decía—, parece una sucursal del infierno». Era la hora del almuerzo; y estaba comiendo. El Dundo tuvo la mala suerte de tropezarse y al hacerlo golpeó el plato de comida, que rodó de las manos de Ramón y cayó al suelo. Este encolerizado gritó: «Hijueputa», tiró al Dundo de una patada, luego lo tomó por el pelo y le restregó la cara sobre los restos de comida. Los demás cautivos solamente observaron la escena. Nadie se atrevió a intervenir mientras el Gato seguía pateando a Raimundo, quien indefenso no intentó ni defenderse, ni moverse; arrastrándose se alejó del lugar llorando. Sus lágrimas se confundían con la saliva y la sangre que brotaban de su boca. El dolor invadió su cuerpo en un instante. En la oscuridad de su mente de idiota solo podía ver el rostro de furia del Gato golpeándolo sin piedad, sin que supiera por qué lo atacaba.

Aunque la violencia de Ramón fue excesiva, y así lo consideraron sus compañeros de mara, nadie se atrevía a intervenir por alguien que no valía nada dentro del penal como Raimundo, así que después de poco, el hecho cayó en el olvido.

La vida en la penitenciaría era generalmente desagradable, pero había momentos en que los presos se relajaban. En una ocasión hubo un enfrentamiento, tras un ataque de los Temerarios, los Malignos habían perdido dos miembros; uno había caído víctima de Ramón, quien le había asestado una certera puñalada en el pecho y luego otra en el abdomen; el otro se había enfrentado al Chino y llevado la peor parte, un machetazo que le cercenó la cabeza de un cuajo.

Por la noche, Ramón y sus compañeros estaban felices. Junto con los otros miembros de la mara, dispusieron celebrar la victoria, bebiendo aguardiente introducido de manera ilegal en el pabellón, conocido comúnmente como «guaro», fumando marihuana y unas rayas de coca. Todos bebieron cuanto quisieron, fumaron, se drogaron y rieron a carcajadas haciendo bromas. Un ambiente de triunfo se respiraba en la celda de los Temerarios. Los mareros estaban sentados unos frente a otros departiendo, y la tenue luz apenas permitía ver sus rostros.

—Ya saben esos hijos de puta quién manda en esta cárcel — dijo Ramón, con el ceño fruncido y cara de pocos amigos, levantando su puño cerrado.

—¿Te fijaste cómo quedó el diabólico, tirado sobre el charco de sangre? Esos cabrones ya saben lo que es bueno —respondió el Chino riendo mientras sostenía un purito de marihuana.

—Y el cadejo solo se dobló, después de los dos puyones —dijo el Duque, mostrando sus dientes disparejos e incompletos.

—Eso les enseñará a respetar a los meros meros — añadió el Viejo.

—Esas ratas creyeron que porque los *chepos*[10] nos habían quitado los cuetes no les íbamos a responder — sentenció el Chino. En un operativo de desarme reciente, en el que, además de los guardias penitenciarios, había tomado parte el ejército, se habían decomisado armas de fuego, cuchillos, machetes y hasta granadas de fragmentación.

—Los chepos no pudieron hacer nada, ni siquiera se dieron cuenta de lo que había pasado hasta que ya era tarde —dijo el Gato mientras un gesto temible se

---

[10] 'Policías'.

dibujaba en su rostro.

—Simón, después de palmarlos[11], nos zafamos[12] rápido —dijo el Chino entretanto aspiraba el purito de marihuana que tenía en la mano.

—Sí, no van a saber a quién echarle el muerto, nadie sabe, que es lo mejor. Porque vos sabés que sin testigos no hay pedo —concluyó el Viejo.

—Y quién va a tener *güevos* de hablar, el que hable se muere

—sentenció el Duque.

—El que ande de sapo[13] lo jodemos —reafirmó el Chino mientras una sonrisa se dibujaba en su rostro.

—Brindemos por la mara de los Temerarios —propuso el Duque sosteniendo en alto su vaso de guaro.

Todos los presentes levantaron sus vasos para brindar, gritando al unísono: «Viva la mara de los Temerarios». Después rieron de placer.

Por la noche, los reos dormían, el Terror y el Chino fueron a dormir a sus literas. Ramón se quedó dormido en el piso, cerca de la entrada de la celda; los demás habían caído rendidos por el sueño, el alcohol y las drogas en diferentes lugares del pabellón. La oscuridad de la noche se veía únicamente interrumpida por la luz que entraba por las pequeñas ventanas en la pared y daban a los cuerpos de los hombres dormidos una apariencia extraña. Se advertía el desorden de la celebración: algunas botellas vacías, cenizas y vasos de

---

[11] 'Matarlos'.

[12] 'Irse'.

[13] 'Delator'.

plásticos tirados sobre el suelo. Sin embargo, no todos dormían, Raimundo estaba despierto. Su figura oscura se deslizaba silenciosa en medio de la noche. Recorrió media celda sin que nadie notara su presencia. Llevaba en sus manos un macetero de cemento. Con sigilo se acercó al lugar en que dormía Ramón. Se colocó detrás de él y descargó sobre su cabeza el pesado artefacto. Se escuchó un ruido sordo, y pronto los sesos del infortunado se esparcieron por el suelo como si fueran gelatina. No emitió ningún grito, no tuvo tiempo de darse cuenta de lo que le había pasado. Su muerte fue instantánea. En ese momento el Dundo recordó cómo había asesinado a su hermana. Si tan solo ella no lo hubiera maltratado aquella vez, todavía estaría viva, pero no, tenía que haberlo insultado y golpeado, eso había sido su perdición. Por la mañana de ese día funesto, él había tirado la olla de comida que ella con tanto esfuerzo había preparado. Esto enojó tanto a su hermana que lo golpeó y lo insultó. Raimundo había esperado a que se durmiera y, en la oscuridad de la noche, le había roto el cráneo con una piedra que trajo del patio. Todo había ocurrido muy rápido: los vecinos, al enterarse de la muerte de Conchita, habían alertado a la Policía, que se lo llevaron esposado. Después el interrogatorio, las amenazas, los golpes, una confesión que no les costó mucho y la cárcel. Aún recordaba el llanto de su madre, que lo creía inocente. «Ya perdí una hija, ahora voy a perder a mi hijo», había dicho. Le causó tristeza alejarse de ella, verla llorar. Si Ramón no lo hubiera golpeado y humillado, también estaría vivo, pero tenía que morir.

Por la mañana, cuando todos despertaron, se enfrentaron con el horror de la escena. No se encontró ningún sospechoso, aunque se dijo que seguramente un miembro de la mara de los Malignos se había tomado venganza por la muerte de sus compañeros. No se podía culpar a alguien en particular. Aunque los pabellones estaban separados por puertas de barrotes con candado, se sabía que, si se pagaba lo suficiente, se podía obtener lo que se quisiera: un arma, drogas y, ¿por qué no?, la apertura de una cerradura. Sin embargo, nadie se explicaba cómo el hechor había ingresado al pabellón, asesinado a Ramón y huido sin que nadie se diera cuenta. Los Temerarios, por su parte, sabían que durante el hecho estaban alcoholizados y drogados, lo que bajó las precauciones que normalmente tenían. En una situación como esa, le sería más fácil al enemigo entrar sin ser visto, realizar el asesinato y huir. Las autoridades no pudieron señalar un posible ejecutor ni enjuiciar a nadie, así que el caso quedó impune al igual que muchos otros llevados a cabo dentro de la penitenciaria. De cualquier manera, los guardias se sintieron aliviados con la muerte del Gato, ya que era muy violento y problemático.

Después del homicidio de Ramón, Raimundo cambió su comportamiento: se volvió más lento, sin expresión facial, no contestaba cuando alguien le dirigía la palabra, caminaba como sonámbulo por el patio de la prisión, sin propósito. Era como si al morir el Gato, su gemelo, una parte de sí mismo se hubiera ido a la tumba con él. Comenzó a tener pesadillas recurrentes en las que aparecía Ramón. Su imagen lo amenazaba y lo atemorizaba, y se levantaba por las noches gritando. Tal parecía que una vez muerto el Gato se negaba a dejar en paz a su victimario. El Dundo no era capaz de distinguir la realidad de la fantasía, por lo que sufría mucho al acercarse la noche. Los demás reclusos, cansados de esa situación, pidieron a las autoridades de la cárcel que lo trasladaran a otra celda; pero como sabían que si lo trasferían a otra el problema persistiría, decidieron relegarlo a una celda de castigo ubicada en el patio trasero, lejos de donde dormían los otros internos. Allí, en solitario, sus gritos se oirían menos y no perturbarían el sueño de los demás. Así el Dundo quedó aislado y con el paso del tiempo todos se olvidaron de él. Solamente sus lejanos y desgarradores gritos daban fe de su existencia en medio de la noche.

EL SACRIFICIO

En tiempo de los emperadores romanos, hubo una pareja de amantes; estos se querían tanto que quisieron ser uno solo ser, unir sus destinos por toda la eternidad. El emperador Nerón escuchó esta historia y, enternecido por ella, los condenó a ser devorados por un león en el coliseo. De esta manera, lograron por fin unir sus destinos para siempre.

LA PESADILLA

Todas las noches tenía una monstruosa pesadilla: se trasformaba en un animal horrible que caminaba sobre la tierra. Todas las noches se despertaba sobresaltado. El insecto había soñado que se trasformaba en humano.

EL DIARIO DE LAURA

El día que Laura quiso celebrar su vigésimo segundo cumpleaños era lluvioso, pero el estado del tiempo no la desanimó en sus preparativos. Invitó en esa ocasión a sus amigos más cercanos a las seis de la tarde, si bien estos comenzaron a llegar, como es costumbre, una hora más tarde. Después de que los asistentes hubieron platicado por un rato y tomado algunos tragos acompañados por unos bocadillos, se sirvió la cena, que consistía en cerdo horneado, con su respectiva guarnición. Luego partieron un pastel que había preparado su madre, que llevaba una inscripción en la que podía leerse: «Feliz cumpleaños, Laura». Todos se colocaron alrededor de la mesa en la que se encontraba el pastel, encendieron las velas y su amiga Carmen dijo:

—Ahora debes pedir un deseo.

Ella cerró sus ojos para pensar. En su fuero interno deseó cumplir muchos años más y sopló las velas cuando terminaron de cantar. Para seguir la tradición, no reveló a nadie su deseo. De no ser así, según la creencia popular, este no se haría realidad. A continuación, sus amigos aplaudieron de manera entusiasta, prodigándole sus mejores deseos.

Esa noche todos disfrutaron la velada, se compartieron anécdotas y risas. Su amiga Lucy recordó cuando se conocieron y su graduación en la escuela secundaria, cómo su amistad y confianza habían crecido con el tiempo; también se mencionaron algunas historias jocosas, como la vez en que salieron a una fiesta varias de ellas y bebieron tequila hasta emborracharse. Habían rentado una limusina que las llevó en un tour por la ciudad mientras se divertían y gritaban durante todo el trayecto.

—Las mejores diversiones son aquellas que no se planean — había dicho Lucy.

Laura replicó:

—Sí, es mejor no saber con anticipación qué es lo que va a pasar, a veces saberlo arruina la diversión.

Recibió varios regalos de sus amigos y familiares. Sin embargo, uno en particular llamó su atención: un presente de cumpleaños que su madre le había comprado, un diario que había adquirido mientras viajaba por Oriente en una tienda de antigüedades y objetos curiosos, expresamente pensando en dárselo en su cumpleaños. Era muy bonito, con un encuadernado en cuero repujado, muy fino y hojas con borde dorado. El empleado de la tienda le había explicado que era antiguo y que, a pesar de ello, nadie había escrito en él con anterioridad.

A la mañana siguiente despertó después de su hora habitual, se sentía cansada, pues se había dormido tarde y había comido y bebido más de la cuenta. Mientras salía de su letargo, observó con detenimiento sus presentes. Había una bufanda que Rosa le había regalado, un perfume de parte de Andrea... Miró el diario y se dijo: «¿Por qué no comenzar hoy?», así que se dispuso a escribir en él, tomó un lápiz que yacía sobre su cómoda y lo abrió dispuesta a escribir por primera vez, mas al hacerlo se dio cuenta de que ya había una página redactada. Tenía fecha de 25 de septiembre, precisamente el día en que se encontraba. Le asombró y le divirtió el hecho de que la fecha que aparecía allí fuera la misma de ese día en particular. Siempre ocurren casualidades, meditó. El texto decía: «Ayer fue mi cumpleaños. Muchos de mis amigos vinieron a celebrarlo y pasamos un momento genial, el pastel que hizo mi madre estaba delicioso, todos mis amigos disfrutaron de la fiesta». Laura pensó que era muy raro, la primera página del diario hablaba exactamente de lo que hizo ayer. Debía ser una casualidad o que su madre no se había dado cuenta de que ya estaba escrito. También le extrañó que la letra con que se escribió la entrada era muy similar a la suya, hasta podría decirse que era igual. Luego seguía: «Hoy fui a las clases en la universidad. Llegué un poco tarde, por lo que me senté en la última fila del auditorio para no interrumpir el discurso del profesor. La clase me parece muy interesante. El profesor, un hombre pequeño y calvo, con anteojos cuyos vidrios parecen el fondo de una botella, habló sobre Wittgenstein, su vida y obra, quisiera que todas las asignaturas fueran tan interesantes». Después de leer esto, Laura se asombró, pues este sería su primer día de clase y hoy debería asistir a una lección de filosofía, aunque no estaba segura acerca del tema que verían. Ella no creía en las casualidades, sin embargo, en este caso tendría que creer, ya que lo anotado en el diario era bastante preciso. Luego del almuerzo, se preparó para ir a la universidad.

Al regresar a casa por la noche, estaba aún más atónita al verificar que los eventos reseñados en el diario se había cumplido al pie de la letra: llegó tarde debido al tráfico, por lo que tuvo que sentarse en la última fila del auditorio y el profesor, un hombre pequeño y calvo, con anteojos muy gruesos, habló sobre Wittgenstein. Todo se había cumplido de manera literal. Pensó que alguien estaba gastándole una broma, posiblemente una amiga. Seguramente ella o él había averiguado con anterioridad lo que se vería en la clase ese día. Esa podría ser la explicación a las extrañas coincidencias que había tenido. Esa noche, antes de dormir, cerró la puerta de su habitación con llave y se cercioró de que en el diario no hubiera más anotaciones escritas. Una vez que pudo comprobar que así era, se acostó y se durmió.

A la mañana siguiente se despertó temprano. Luego de ir al baño, recordó los acontecimientos de la víspera. Por un momento se le ocurrió que todo había sido un sueño y que ahora comenzaba de nuevo. Se dispuso a iniciar su diario, lo abrió y en la primera página estaba anotado lo que había visto anteriormente, no había sido un sueño después de todo, su asombro fue mayúsculo cuando comprobó que había otra página escrita con la fecha 26 de septiembre, en la cual se describía lo que habría de suceder ese día: «Hoy me levanté temprano, por la tarde fui a una exposición de pintura...». En ese momento recordó que su mejor amiga, quien era pintora, tendría una exposición de sus obras por la tarde y que ella había prometido asistir a la inauguración. Toda esta situación le parecía de lo más extraña,

¿cómo podían aparecer en su diario los eventos que habrían de acaecer en su vida con anticipación? ¿Qué clase de brujería era esta? ¿Debería ella mostrárselo a alguien? Después de pensarlo un poco, tomó la determinación de enseñárselo a su mejor amiga. Razonó que su madre era demasiado emotiva y demasiado apegada a ella, y podría ocasionarle mucha angustia, algo que ella preferiría evitar.

En la primera oportunidad que tuvo, le enseñó el diario a su amiga Lucy para explicarle lo que estaba sucediendo.

—Lucy, mira, por favor, ábrelo. Hazlo y no me preguntes por qué, luego te explico —le dijo.

Lucy la miró un poco intrigada. Después de vacilar un poco, tomó el pequeño libro, lo abrió y respondió:

—Y bien, ¿qué sucede, Laura? Está en blanco.

Laura se dio cuenta en ese momento de que solamente ella
podía ver el contenido, así que fingió que nada pasaba.

—Bueno, solo quería mostrártelo, es un diario antiguo que me compró mi mamá para mi cumpleaños cuando viajaba por Asia.

Lucy se sintió algo perpleja. No obstante, igual aceptó la explicación.

Después de ese incidente, Laura decidió no decir a nadie lo que sucedía.

Día a día, cuando ella se levantaba por las mañanas, miraba su diario, siempre había una página nueva con la fecha del día en cuestión. Lo que aparecía puntualizado era aquello que había de ocurrir.

Intentó cambiar lo que aparecía en una entrada particular, hacer algo diferente a aquello que allí se relataba, pero por alguna extraña razón lo escrito siempre se cumplía, hasta en sus más mínimos detalles.

En una ocasión leyó que saldría y tendría un mal día, así que decidió quedarse en casa, no salir por ningún motivo. Por la tarde recibió una llamada de María, una amiga de su universidad, que le dijo que alguien había robado el laptop que le había prestado y que tenía que ir para reportar el caso a la Policía. Así que tuvo que salir, aunque había planeado lo contrario, y tuvo un mal día tal como se lo había pronosticado el misterioso oráculo.

Pronto la espera de lo que aparecería escrito en su diario llegó a causarle un estrés muy fuerte. Cada mañana al levantarse lo primero que hacía era leer la nota para ese día particular. Cuando le auguraba malas experiencias, ella se sentía muy mal e intentaba cambiarlo sin lograrlo. Y, lo que era peor, sufría al saber que no podría evitarlo. Una vez leyó que su amiga Teresa padecería un terrible accidente, como efectivamente ocurrió. Llamó por teléfono a su amiga, pero no pudo comunicarse y advertirle acerca del peligro que la esperaba, eso le causó mucha angustia. Su madre comenzó a notar un cambio en su comportamiento, aunque lo atribuía a la preocupación por las clases en la universidad. Laura sobrellevaba en silencio lo que estaba viviendo, sin poder revelar a nadie lo que le ocurría so pena de ser considerada loca. Le parecía que su vida estaba dominada por la espera de los presagios. El estrés era tal que no dormía ni comía bien. Odiaba levantarse cada mañana por el temor a lo que aparecería pronosticado. Su apariencia era descuidada, y sus calificaciones mostraban el efecto de su deplorable estado mental.

Una mañana su madre fue a despertarla, pues era tarde y no se había levantado. Era un día frío de invierno, la madre pensó que esta debía sentirse indispuesta, ya que en ese mes se celebraba la Navidad, y habían comido y bebido en demasía. Además, el desvelo podía ser tan malo o peor que los excesos de la embriaguez y la comida. Tocó la puerta de su habitación y la llamó varias veces por su nombre, mas no obtuvo respuesta, así que decidió abrir la puerta. Al entrar, sobre el piso de su habitación encontró a Laura inconsciente, desvanecida encima de la alfombra, al lado de su cama. En sus manos sostenía el diario que ella le había regalado en su cumpleaños. Comenzó a gritar desesperada e intentó despertarla: «¡Laura, Laura!». Todo fue inútil, su hija no respondía. Acercó la oreja a su nariz, pero no pudo escuchar su respiración. Cogió el teléfono con las manos temblorosas, llamó a una ambulancia; los segundos le parecían eternos. Cuando los paramédicos llegaron, no perdieron tiempo, uno de ellos acercó la mejilla a su nariz y a su boca, otro le tomó el pulso. Luego le dieron oxígeno y le comprimieron el tórax regularmente y la prepararon para llevarla en la ambulancia. Ella comenzó a orar pidiéndole a Dios por su hija, por un momento consideró que solo habría sido un desmayo. Sin embargo, al llegar al hospital confirmaron sus peores temores: Laura había muerto.

No se estableció la causa de la muerte, pues Laura gozaba de buena salud. Un paro cardíaco, habían dicho los médicos, no se sabía por qué una persona tan joven había sufrido un infarto tan fulminante.

En el funeral sus amigos se hicieron presentes y, entre llantos, lamentaron la prematura muerte de quien fuera una excelente amiga e hija, y cuya muerte, además de dejarlos desolados, los llenó de dudas. Su madre aún se negaba a creer lo que había sucedido. Tiempo después, mientras revisaba las pertenencias de su hija, vio el diario que le había regalado. Lo tomó pensando encontrar alguna información sobre los últimos días de la vida de su hija, pero cuando lo abrió estaba en blanco. Entonces pensó: «Qué lástima que no haya escrito nada en su diario. Si lo hubiera hecho sabría algo más de ella, de sus últimos días. Quizá esto podría esclarecer la causa de su muerte. Ahora que ya se ha ido debo regalarle el diario a otra persona. Será una forma de mantener vivo el recuerdo de mi hija».

LA MANO EXTRAÑA

Made in the USA
Monee, IL
23 April 2022

94869260R00132